U0856798

初岸

Chu
an

与美同栖

谨以此书纪念北京大学建校 120 周年

顾问：谢　冕　洪子诚

主编：臧　棣　西　渡

编委：于慈江　西　川　清　平　橡　子　雷　格　余世存
　　　文　钊　冷　霜　胡续冬　姜　涛　徐　钺　李　琬

北大百年新诗

臧棣　西渡　主编

四川人民出版社

图书在版编目（CIP）数据

北大百年新诗 / 臧棣，西渡主编 . —成都：四川人民出版社，2018.5
ISBN 978-7-220-10740-5

Ⅰ . ①北… Ⅱ . ①臧… ②西… Ⅲ . ①诗集－中国－现代 ②诗集－中国－当代 Ⅳ . ① I226

中国版本图书馆 CIP 数据核字（2018）第 059978 号

BEIDA BAINIAN XINSHI

北大百年新诗

臧棣　西渡　主编

责任编辑	邹　近　陈　欣
特约编辑	张慧君
封面设计	新艺书文化
版式设计	冉　冉
责任印制	张　辉
出版发行	四川人民出版社（成都槐树街 2 号）
网　址	http://www.scpph.com
E-mail	scrmcbs@sina.com
新浪微博	@四川人民出版社
微信公众号	四川人民出版社
发行部业务电话	（028）86259624　86259453
防盗版举报电话	（028）86259624
照　排	冉　冉
印　刷	北京晨旭印刷厂
成品尺寸	145mm × 210mm
印　张	15.75
字　数	368 千字
版　次	2018 年 5 月第 1 版
印　次	2018 年 5 月第 1 次印刷
书　号	ISBN 978-7-220-10740-5
定　价	59.00 元

前言

北大是新诗的母校。关于新诗面世的时间，有两种说法。一种以1917年2月《新青年》2卷6号发表胡适《白话诗八首》作为新诗的起点，另一种则以1918年1月《新青年》4卷1号发表胡适、沈尹默、刘半农白话诗九首（胡适4首、沈尹默3首、刘半农2首）为发端。两种不同看法，源于对胡适1917年发表的八首诗能否算新诗的不同判断（本书开篇的《蝴蝶》，即是《白话诗八首》中的一首，原题《朋友》，也即是承认《白话诗八首》的新诗身份）。但无论哪种说法，都无法抹去北大人的首创之功。1917年2月胡适还在美国，9月始应聘北大教授，但以胡适与北大渊源之深，且北大之前并无任职他处经历，以北大为新诗母校，并不为过。按第二种说法，则当时三位作者，都是北大教授，北大为新诗母校更无疑义了。从此，北大就与新诗结下了不解之缘。一百年来，北大诗人辈出，几占新诗半壁江山。

在新诗荣誉榜上，北大诗人在各高校中可以说独占鳌头。在早期白话诗阶段，新诗的作者多为北大教师，胡适、刘半农、沈尹默、鲁迅、周作人等既是新诗的助产士，也是捍卫新诗的死士，为初生的新诗在保守的社会空气中（这种保守在诗歌审美上尤为顽固和僵化）站稳脚跟披挂上阵，立下汗马功劳。为之接力的则是1910年之后先后进入北大学习的傅斯年、俞平伯、徐志摩、康白情、朱自清、罗家伦等学生辈。徐志摩的新诗可以说是最早为新诗在大众中赢得声誉的重要成果之一。当然，也不能忽略另一位非北大出身的诗人郭沫若的贡献。有了郭沫若、徐志摩的新诗，人们才相信白话也可以写诗，而新诗不同于旧诗的特质也在他们的诗中得到显示和确立，新诗作为一种文体终得以成立。徐志摩不但在新诗形式上有多样的探索，在诗歌意识的现代进展上也显示了多种面相，譬如其诗歌对于丑与恶的处理，对于现代的反省，对于俚语乃至方言的试验，等等。徐志摩的早逝无疑是新诗的一个巨大损失。

20 世纪 30 年代到 40 年代，是新诗的写作和批评走向成熟的关键时期。1931 年梁宗岱留法归来，担任北大法文系主任、教授。梁先生对法国象征主义诗歌和"纯诗"理论的翻译和推介，对新诗从主情的浪漫主义转向主隐喻、暗示的象征主义有重大的影响。北大出身的诗人卞之琳、冯至 30 年代至 40 年代的创作则是新诗成熟的主要标志（此外，当然还有艾青等诗人的贡献）。冯至在 20 年代已经写出非常出色的抒情作品，曾被鲁迅称为"中国最杰出的抒情诗人"。他 30 年代赴德国留学，受到欧洲存在主义思潮和里尔克诗学的影响，1942 年出版《十四行集》。冯至的十四行诗表现了诗人对生命存在本质的体认和思索，为一种现代的"思"的诗歌表现做了勤勉的探索和实践，成为 40 年代最重要的诗歌收获之一。卞之琳、李广田、何其芳三位北大出身的诗人，1936 年出版合集《汉园集》，展示了出色的诗歌才华。三人中，后来在诗歌事业上进展最大的则是卞之琳，卞氏 1942 年出版的《十年诗草》，是新诗史上最重要的诗集之一，其中许多诗篇称得上新诗桂冠上耀眼的明珠。卞之琳在诗体上进行了广泛多样的实践，又有突出的化古化欧的能力，对新诗的成熟和转向与有力焉。卞氏对新诗最大的贡献在于他将思想感觉化、肉身化的能力，与稍年长的冯至一起完成了新诗的诗与思的结合。何其芳、李广田的诗也各有其独特魅力。

抗战爆发，北大南迁，与清华、南开共组西南联合大学。这一时期，西南联大学子中涌现的诗人有穆旦、王佐良、俞铭传、杨周翰、杜运燮、郑敏、罗寄一、袁可嘉等，他们出于抗战救亡的神圣责任，自觉将自己的歌唱汇入民族救亡的大合唱，同时在艺术上做了不竭的探索。由于穆旦、王佐良二位诗人抗战前已入清华大学，出于谨慎，本书没有收入他们的作品，但毋庸赘述，他们的创作和北大新诗同样有着极深的渊源和难以割舍的联系。杜运燮、郑敏、袁可嘉是20世纪40年代有影响的青年诗人，杜、郑1939年考入西南联大，袁可嘉1941年考入西南联大，三人后来都为九叶派成员，在80年代的新诗潮运动中重新恢复写作和批评活力，活跃在当代诗坛。郑敏至今健在，杜、袁二位则分别于2002年、2008年去世。并非广为人知的是，朦胧诗的得名是因为杜运燮这位老诗人的一首《秋》，足见老诗人宝刀未老，新诗艺新中有旧。

朱自清、废名、李广田、何其芳、袁可嘉则为新诗批评的成熟做出了突出贡献，朱自清、李广田是最早关注新诗读法的诗人和学者，正是他们奠定了新诗文本解读方法的基础，并提供了出色的批评范例。何其芳则在新诗读法和格律理论上都有建树。废名在新诗和旧诗的对比中，仔细甄别了新诗和旧诗各自的性质，在胡适之后，进一步从理论上巩固了新诗立足的基础。袁可嘉在20世纪40年代发表的有关新诗现代化的系列文章，则为新诗在象征主义之后的继续“现代”提供了理论支撑。朱自清、废名、袁可嘉，他们本身也都是优秀的诗人，有选入本书的作品为证。

孙大雨、林庚、吴兴华是20世纪30年代即已成名的诗人，孙大雨、林庚是清华毕业生，孙为当年“清华四子”之一，吴兴华是燕京大学毕业生。孙大雨1933年初到北大外文系任教，不久去职。林庚、吴兴华在1952年院系调整时进入北京大学。吴兴华在1957年被划为“右派”，1966年去世。林庚则一直生活在北大校园里，直至2006年去世。孙大雨在新诗格律的理论建设上有突出贡献，其代表作《自己的写照》是新诗史上最早处理都市经验的长诗，显示了对复杂主题的处理能力和在自定的格律之中运用现代口语的罕见功力。林庚也在新诗格律理论和实践上有深入的探索。吴兴华的新诗翻译和写作显示了出众的才华，其融通中西的努力凝结为一种独具个性的文体，同时不失现代的敏感。

20世纪50年代延及“文化大革命”期间，由于思想和美学上的禁锢，新诗写作日趋同质化，诗艺和意识的活力日渐丧失。但是，在万马齐喑的大气候中，沈泽宜、蔡根林等北大学子仍然以新诗的形式表达了他们独立的思考和感受，成为那个时代宝贵的一抹亮色。

“文化大革命”结束，高考恢复，北大新诗也进入了一个崭新的时期。这个时期不仅作者人数远超前期，在意识、技艺、主题和题材上也有重大变化。骆一禾、海子、西川是这一时期最早得到外界承认的北大诗人。三位诗人的创作有力地改变了新诗七十年来的固有面貌，特别是骆一禾、海子的长诗写作所体现的才华、抱负、热情均为此前所未有，他们富于音乐性的抒情方式增进了人们对现代汉语歌唱性的认识（事实上，他们的长诗多数时候也是抒情性的）。西川的写作面貌20世纪90年代以后发生了很大变化，他的很多作品都很难以之前的新诗概念来衡量，新诗的内涵和外延都因之得以丰富和拓展。比骆一禾、海子、西川稍晚开始写作，但同样在80年代初就写出成名之作的是臧棣。臧棣对诗歌的专注、思考的深入、创作之丰富在当代诗坛罕有其匹。臧棣擅于以小见大，他以大诗人的才能专注于写短诗（当然也可以将其系列诗视为特殊的长诗），使短诗拥有长诗的气象。臧棣之后，戈麦是另一位才华特具的诗人，他以一种分析、浓缩、激情内蕴的抒情方式改变了当代抒情诗的面貌，成为20世纪80、90年代的代表诗人。这一时期，北大还涌现了阿吾、清平、麦芒、徐永、哑石、恒平、洛兵、程力、西塞、紫地、西渡、雷格、橡子、余世存、杨铁军、冯永锋、冷霜、王雨之、胡续冬、周伟驰、周瓒、雷武铃、席亚兵、王敖、马雁、姜涛、谢笠知、余旸、王璞、徐钺、王东东、范雪、张慧君、李琬等几十位活跃诗坛的新诗作者，北大诗歌真正进入一个"百花齐放"的时代。限于篇幅，此处无法一一点评。这个时期，新诗成了北大校园最醒目的风景，诗人气质也成了北大学子身上突出的标志之一。新诗和北大的关系变得更为紧密和内在。

同时期，北大也成为新诗研究和批评的重镇。谢冕、孙玉石、洪子诚诸先生是新时期新诗研究领域公认的权威和引领者，不但对新诗的学术研究有重大贡献，新时期的诗歌写作也直接受惠于他们的研究成果。在朦胧诗论争中，谢冕、孙绍振先生在一片反对声浪中仗义执言，有大功于朦胧诗的崛起。一直以来，诸先生对校园内外的新诗写作者不遗余力地奖掖扶持，充分体现了北大的长者之风。此外，这个时期北大的优秀诗人也几乎都兼事批评，从骆一禾、海子、西川、臧棣开始，到周瓒、周伟驰、雷武铃、姜涛、胡续冬、王东东等，无不兼为优秀的批评家，而以诗人和批评家双重身份介入当代诗歌的进程。北大诗人的影响也在这个时期达到了巅峰。

无须赘述，这个时期的北大诗人与校园外的当代诗歌始终有密切的联系和互动，是整个当代诗歌不可分割的组成部分。同时，北大诗人又没有盲目跟随外界的潮流，体现了一种宝贵的独立品质。这种独立品质最重要的一个体现就是其严肃性。对于北大诗人来讲，诗从来不是一种功利的、沽名钓誉的工具。这种严肃性也使得北大诗人内部同样保持了个性和诗艺的独立。北大尽管诗人辈出，队伍庞大，却未利用这一优势拉山头、搞团伙，以在利益分配上获取额外好处。北大诗人再多，却并没有“北大派”。实际上，北大诗人一直是诗坛的一股清流，是维护诗坛健康，推动诗歌健康发展的耿介而朴直的一股力量。而这一品质的源头仍可以追溯到胡适初创新诗之时为新诗所确立的崇高文化使命。

本书选入自胡适以来的北大诗人。胡适为新诗之父，列为卷首。其他诗人一律以进入北大任教或求学的时间为序。

采用白话写诗作文，表面上只涉及书面用语的变革，其后果似乎仅限于文体、诗体的改变，实际上却是当初新文化运动和文学革命战略中意义深远的根本之举。它对于旧文学、旧文化是一种釜底抽薪。胡适说：“文学革命的第一步就是文字问题的解决。我们认定‘死文字不能产生活文学’，故我们主张若要造一种活的文学，必须用白话做文学的工具。”而其最终的目的，是要以文学“做新思想新精神的运输品”。在胡适那里，白话诗是其文学革命战略的一部分，其深层的目标则是民族意识的变革和现代化。北大师生对新诗的热情无疑也融入了他们对国家、民族、社会问题的关切。对这一目标的重申和偏离，构成了百年新诗发展的主要线索之一。20 世纪 80 年代以来，新诗的发展似乎越来越脱离胡适当初对于新诗的这种文化功能设计，而日益专注于诗学和美学目标的自我完成。但是，如果我们把这种诗学和美学的完成也视为民族意识现代化的组成部分，则可以说新诗的这一进程仍在胡适所设计的战略目标之内。非议新诗这一自我进程的人士，倾向于认为它偏离了新文化运动倡导者所标举的启蒙和大众路线，成为少数人的自娱自乐。一个正当的辩护是：新诗在意识和诗艺上的进展，同样代表了我们这个民族在意识现代化方面的推进，而这种推进本身就是文明的成果。正如自然科学的前沿成果，不必为所有的人群所分享，文学、艺术、哲学上的推进，也不能以大众能否分享为裁判的标准。实际上，新诗诞生一百年来在意识和美学上的进展，与我们在小说、戏剧、散文方面的进展相比，甚至与历史、哲学乃至与自然科学相比，也并不逊色。尤其是近几十年来，新诗显现了巨大的活力，优秀的诗人和优秀的作品持续涌现，显示了无可限量的前景。

新诗在意识上的推进突出表现在它对自我认知的更新和丰富上。新诗专注于自我意识的旋进，其实和新文化运动先驱们的启蒙目标仍有重合之处。鲁迅在《文化偏至论》中首提“掊物质而张灵明，任个人而排众数”，而在《野草》中则执着于自我的怀疑、追寻和探索，可以称为新诗凝神自我意识的开风气之先者。在20世纪50年代以来的当代文学的批评语境中，诗人对自我的关注长期以来被视为对社会责任的一种逃避和拒斥，而完全看作一种消极、颓丧的态度。这纯属一种意识形态批评的傲慢。一方面，新诗对自我的执着，并不排斥诗人对生活、现实、启蒙的关心。另一方面，逃避和拒斥何尝不是一种自我的建设、捍卫和完成呢？再者，诗是自我之歌，这个自我绝非只有个人的意义，更非特指写诗的那个具体个人，它是集体的、民族的、汉语的自我，更是人类的自我。这个自我一方面是内在的、深入的、隐微的，另一方面又与环境保持着最为活跃的互动。因此，诗在自我探索上的每一次旋进无不意味着人类自我认知的一次提升。正是在此意义上，诗足以称为人类文明的珍贵成果。中国古典诗歌当然也是自我之歌，所以它才在一个“文以载道”的文化传统中显得特别可贵，而成为这一文化传统中的“异数”和最灿烂的部分。但古典诗歌对自我的关注受到三个规制性因素的制约：一是儒家“思无邪”和“温柔敦厚”的诗教传统。受制于此，诗对偏离这一诗教的自我意识领域缺少探索的热情和勇气，事实上在大多数时候也缺少表现。二是传统知识分子的人格范型。这个人格范型以儒家的人格理想为主体，辅以少量释、道两教的因素糅合而成。当然，从屈原而下，到汉魏南北朝，到唐宋，到元明清，这个人格范型有发展，也有变化，但总的趋势是越往后越趋于固化和定型。这种固化规约了诗对自我探索的限度，使得诗的自我成为一个已成的东西，而不是未成的东西，诗也因此失去了通过未来构想自我的能力。三是语言的限制。旧诗所用的文言不是人们日常会话的语言，这种语言已经失去和人们的感觉、意识、经验之间的切身性。文言又具有凝固性，倾向于把变化的经验类型化。因而，它不但难以触及一个业已更新的自我，而且还总是倾向于把这一更新、生长的自我退化为一个凝固的、类型的、古典的自我。白话之长在于它的生长性，它的活性和柔韧性，它的动态性。白话的这些特质特别有利于它和一个可能的、未成的自我联姻。因此，新诗之新就在打破传统诗教、人格范型和语言对自我的三重限制，从未来和未成的角度解放、开放自我的可能性，从而开启新诗自我勘探和探险的伟大征程。从初期白话诗启蒙的、人道主义的、类型化的、清浅的自我到当代诗歌中敏感、活跃、精微、深邃、复杂、丰富、独立的自我，我们可以看到新诗已经走过了多么遥远的路途。

令人遗憾的是，当代知识界长期以来对新诗的成就一直抱着一种轻忽的态度。这种轻忽的态度甚至连一些学识渊博、智慧过人的杰出学者也不能免。钱锺书 20 世纪 50 年代就曾对向其请教新诗问题的外国学者称，新诗不值得关注，因为它五十年后就不存在了。现在，我们也不时听到一些学者宣称自己只读旧诗、不读新诗的言论，把阅读新诗当作心智的幼稚和不成熟。这种轻慢的态度和胡适尝试白话诗之际梅光迪之辈的态度并无什么差别。在他们眼中，胡适创制新诗仍是多此一举，新诗在百年间的巨大进展也完全不存在。其实，问题不在新诗，而在这些知识者自身。一个人对新诗无兴趣，不能欣赏新诗，不只意味着其审美趣味还停留在古典时代，也意味着其心智、意识的某种缺失。换言之，一种当代性乃至现代性的意识在其人之身仍有待唤醒。当一个人在意识上带着这样重大的缺失，他对当代社会的认知乃至对其专业的认知能达到何种程度，也是很可疑的。

当太阳刚刚越出海面的时候，陆地上的人们囿于视域，大概看不见、感觉不到而继续沉沉睡去的总是多数，只有少数敏感的人能从东方之白预感到太阳之将临，而早早起来迎接。但到艳阳高照之际，仍宣称太阳不存在，那一定是被什么东西遮住了耳目，或者堵塞了心眼。但这并不会减少太阳的光辉和光荣。今日新诗的情况就是如此。如是，这本北大诗人们的百年新诗选集，在知者的眼中和心中，一定会呈现出异样的光彩，展现新诗这一新生的“太阳”百年间所履历的壮丽的天文景观。斯亦足矣。

编者

2018 年元月

目录

1917—1936

胡　适（6首）　003

蝴蝶 003 · 鸽子 003 · 老鸦 004

一颗遭劫的星 004 · 梦与诗 006 · 希望 006

沈尹默（3首）　008

月夜 008 · 三弦 008 · 人力车夫 009

周作人（4首）　010

两个扫雪的人 010 · 画家 011 · 爱与憎 012

过去的生命 013

刘半农（3首）　014

相隔一层纸 014 · 教我如何不想她 015

一个小农家的暮 016

鲁　迅（2首）　018

《野草》题辞 018 · 我的失恋 019

傅斯年（1首）　021

老头子和小孩子 021

俞平伯（3首）　023

冬夜之公园 023 · 春水船 024 · 孤山听雨 026

朱自清（3首）　028

满月的光 028 · 送韩伯画往俄国 029 · 湖上 030

徐志摩（6首）　032

月下待杜鹃不来 032 · 雪花的快乐 033

为要寻一个明星 034 · 沙扬娜拉一首 035

偶然 035 · 再别康桥 036

康白情（3首）　038

草儿 038 · 风里的蜘蛛 039 · 送客黄浦 040

罗家伦（1首）　043

雪 043

冯　至（7首）　044

满天星光 044 · 雨夜 045 · 蛇 046

南方的夜 047・十四行诗（选三）048

废　名（5首）　051

妆台 051・掐花 051・灯 052

十二月十九夜 053・飞尘 053

卞之琳（7首）　055

尺八 055・断章 056・圆宝盒 056

灯虫 057・妆台（古意新拟）058・白螺壳 059

水分 061

李广田（5首）　063

夕阳里 063・乡愁 064・秋灯 065

旅途 065・地之子 066

何其芳（7首）　068

预言 068・脚步 070・欢乐 071

昔年 071・秋天（二）072・柏林 073

扇 074

梁宗岱（1首）　075

晚祷 075

南　星（2首）　077

守墓人 077・城中 078

孙大雨（2首） 080

决绝 080・纽约城 081

方　敬（2首） 082

阴天 082・雨景 083

1937—1949

俞铭传（2首） 087

以呢帽当雨伞 087・拍卖行 087

杨周翰（2首） 090

女面狮（四）090・山景 091

杜运燮（5首） 092

园 092・Narcissus 093

滇缅公路 094・井 097

山 098

郑　敏（5首） 100

怅怅 100・金黄的稻束 101

树 102・舞蹈 103

白苍兰 104

罗寄一（2 首） 105

音乐的抒情诗 105 · 在中国的冬夜里 106

袁可嘉（4 首） 108

沉钟 108 · 空 109 · 走近你 109

出航 110

李　瑛（3 首） 112

播谷鸟的故事 112 · 眼睛 113 · 北平 114

1950—1976

林　庚（4 首） 119

序曲一 119 · 宇宙无边 119

生命初见在何时 120

不经过黄昏哪来的清晨 120

吴兴华（2 首） 121

咏古事二首 121

沈泽宜（4 首） 127

歌 127 · 病院之春 128

路边一株孤独的铃兰 128 · 走呀，伙伴 129

谢　冕（1首） 130

一九五六年骑着骏马飞奔而来 130

江　枫（1首） 133

战斗，正是为了爱情 133

孙玉石（5首） 135

露珠集（选五）135

蔡根林（1首） 137

东阳江 137

闻黎明（1首） 142

珍惜今天的确应该 142

骆　英（2首） 145

夜晚的军刺 145 · 在黑暗中 146

1977—1989

查建英（1首） 151

海的精灵 151

熊光炯（2首） 153

图书馆 153 · 未名湖 153

骆一禾（7首） 154

美丽 154 · 为美而想 155 · 黑豹 155

泥土 157 · 白虎 157 · 五月的鲜花 158

巴赫的十二圣咏 159

海　子（7首） 161

亚洲铜 161 · 九月 162 · 祖国，或以梦为马 162

日记 164 · 面朝大海，春暖花开 165

黑夜的献诗 166 · 春天，十个海子 167

沈　群（1首） 169

船 169

于慈江（3首） 171

无眠夜怀想 171 · 雨季之后 172 · 长周末之长 173

陈陟云（2首） 176

茶马古道 176 · 南橘北枳 177

西　川（7首） 179

在哈尔盖仰望星空 179 · 起风 180 · 民歌 181

把羊群赶下大海 182 · 夜鸟 183 · 明媚的时刻 184

挽歌 185

阿　吾（3首）　192

相声专场 192・我们一家都生在河边 195

最近我常常听见远方的声音 196

伍旭升（2首）　198

我在街上走 198・一窗子的光明 199

陶　宁（2首）　201

她的黑马群 201・醒 202

骆　驼（1首）　203

歌词（II）203

阿　海（1首）　205

流年 205

缪　哲（1首）　207

过燕南园 207

臧　棣（7首）　209

房屋与梅树 209・詹姆斯・鲍德温死了 210

这个时辰里的灯是如何点亮的 211

纪念维特根斯坦 212・爱情植物 213

纪念柳原白莲丛书 214 · 纪念王尔德丛书 216

麦　芒（5首） 219

迷惘 219 · 写于病中 220 · 云 220

自画像 221 · 今夜的火花今夜就会熄灭 222

清　平（5首） 224

春天的书房 224 · 偶然的花衣裳 225

理想的虚假 226 · 鱼 226 · 今日新闻 227

徐　永（5首） 229

矮种马 229 · 鹰 230 · 回家 231

萤火虫 232 · 蜂巢 233

哑　石（4首） 234

经验 234 · 山中静湖 235 · 酒吧短访 236

安迪·沃霍尔：《钻石粉末鞋》237

恒　平（5首） 239

肖像十四行 239 · 信仰十四行 240 · 汉语 241

美好十四行 242 · 流水十四行 243

莫雅平（2首） 244

面包情歌 244 · 喝葡萄酒的不同方式 245

彼　得（1首）　248

渔谣 248

BC-1（1首）　250

幸福 250

洛　兵（3首）　252

火貂 252・青苹果的后园 253

二零一四：你好，再见（节选）254

程　力（4首）　256

驼队 256・节日之歌 257・迷路之歌 257

桑葚和栗树的歌 258

西　渡（6首）　259

当风起时 259・颐和园里湖观鸦 260

为大海而写的一支探戈 261・在黑暗中 263

梅花三弄 264・秋歌 265

戈　麦（7首）　267

誓言 267・献给黄昏的星 268

如果种子不死 269・没有人看见草生长 270

未来某一时刻自我的画像 271

陌生的主 272・眺望时光消逝（二）273

熊　原（3首）　275

写给我夭亡的诗句 275 · 流行歌曲 276 · 诗人之死 277

紫　地（4首）　279

黑地 279 · 门前 279 · 南区的小巷 280 · 上海 281

西　塞（4首）　282

走西口 282 · 水 283 · 河流 284

在那遥远的地方 284

郁　文（3首）　286

练习曲：梦见一只老虎 286 · 你一再地跨过…… 287

让我凝望你…… 288

余世存（3首）　290

平安雪 290 · 母亲 291 · 采于武当 292

雷　格（5首）　295

无锡乌篷船 295 · 风声 297 · 丁家房（组诗选一）298

法国日记（组诗选一）299

成长十八章（组诗选一）301

橡　子（5首）　303

朝向天空的旅行 303 · 秋天的刺 304

好人的黄土 305 · 四分之一 306 · 东方之墟 307

熊　挺（3首）　310

灰色水波上的夕光 310 · 菲尼克斯 311 · 给 O.T. 312

文　钊（3首）　313

空无十三行 313 · 梓江 314 · ？ 315

韦　予（4首）　316

七月 316 · 穿黑裙子的卡秋莎 317 · 教堂台阶上 317

哀歌第四 318

李　方（2首）　320

我看见一些影子 320 · 长吉诗意 · 爱情之一 321

海　客（3首）　322

遗嘱 322 · 伤感的女人和她的菜篮子（选二）324

杨铁军（3首）　326

蔷薇 326 · 从月亮的门走来 327 · 永逝 327

1990—2017

冷　霜（5首）　331

梳形桥 331 · 影子的素描 332 · 母女俩 335

我们年龄的雾 335 · 重读曼德尔施塔姆 337

冯永锋（3 首） 338

玻璃动物园 338 · 六翼天使 339 · 失题 340

胡续冬（3 首） 341

水上骑自行车的人 341 · 胖老头 343 · 附件炎 344

王雨之（2 首） 346

三首缺乏想象力的诗（选二）346

许秋汉（1 首） 349

未名湖是个海洋 349

周伟驰（4 首） 351

时代速写 351 · 河流 352 · 信念的制造 353

坐飞机从咸阳到燕都 354

雷武铃（4 首） 356

献诗 356 · 低语 357 · 白云（一）359

白云（二）360

周　瓒（5 首） 363

影片精读（选二）363 · 晨歌 365 · 翼 366

黑暗中的舞者 367

席亚兵（4首） 371

圆明园 371 · 燕子飞 372 · 使用邮政业务的人 373

模拟的记忆 374

错　河（1首） 377

月亮是节日的印章 377

王　敖（4首） 380

绝句 380 · 我曾经爱过的螃蟹 380 · 回乡偶书 381

一个皇帝去找王敖 382

叶　虻（2首） 386

夜读 386 · 大海和你 387

马　雁（4首） 388

将饮茶 388 · 樱桃 389 · 世界下着一夜的雨…… 391

北京城 392

曹疏影（3首） 394

新年 394 · 小游仙诗（组诗选一）395 · 群山 396

金　勇（3首） 398

升旗仪式 398 · 提速的羊群 399

我的谎不够了…… 400

姜　涛（5首）　402

古猿部落 402 · 送别之诗 403 · 人类之诗 405

周年 406 · 病后联想 408

谢笠知（2首）　409

“下午将尽，天还很亮……” 409

冬天的一个下午 410

王　璞（4首）　411

历险记（组诗选二）411 · 万柳乱 413 · 宝塔 415

黄　茜（2首）　417

鸽子 417 · 一觉 418

徐　钺（3首）　420

序曲 420 · 钢琴 422 · 暗之书（或论历史）423

范　雪（2首）　426

站在这片海边 426 · 关于风景的往事 427

余　旸（3首）　430

车摊边 430 · 种红薯 431 · 我以为（节选）432

陈可抒（2首）　436

山中 436 · 平静 437

彭　敏（2首）　439

一场雨　一场说大不小的雨 439

春天，树木飞向他们的鸟 440

杨大过（1首）　442

十年 442

哲　敏（2首）　445

夏天傍晚的雨 445 · UA889 446

张慧君（2首）　448

群山回响 448 · 论明澈 449

郑依菁（2首）　451

二道白河镇 451 · 军训生活 452

王东东（3首）　454

图书馆 454 · 过郁达夫故居 455 · 环形铁道 456

苏画天（2首）　459

临时演员 459 · 森林公园 460

李　琬（2首）　462

晚春 462 · 春节 464

我冲入这黑绵绵的昏夜

为要寻一颗明星

1917—1936

胡　适

*

胡适（1891—1962），原名嗣穈，字适之，安徽绩溪人。著名思想家、文学家、哲学家。1910年留学美国，师从哲学家杜威。1917年回国后到北京大学任教务长兼代理文科学长，参与编辑《新青年》，提倡白话文和新文学。他于1917年发表的白话诗是现代文学史上的第一批新诗。胡适成为中国白话新诗的创始人。1920年出版的《尝试集》，是中国新文学史上第一部白话诗集。1923年与徐志摩等组织新月社，次年与陈西滢等创办《现代评论》周刊。1946—1948年任北京大学校长。1962年在台北病逝。出版诗集《尝试集》《胡适诗存》等。

蝴蝶

两个黄蝴蝶，双双飞上天。
　不知为什么，一个忽飞还。
剩下那一个，孤单怪可怜；
　也无心上天，天上太孤单。

［1916年］

鸽子

云淡天高，好一片晚秋天气！
有一群鸽子，在空中游戏。

看他们三三两两，

　　回环来往，

　　夷犹如意，——

忽地里，翻身映日，白羽衬青天，十分鲜丽！　［1917年］

老鸦

一

我大清早起，

站在人家屋角上哑哑的啼。

人家讨嫌我，说我不吉利：——

我不能呢呢喃喃讨人家的欢喜！

二

天寒风紧，无枝可栖。

我整日里飞去飞回，整日里又寒又饥。——

我不能带着鞘儿，翁翁央央的替人家飞；

不能叫人家系在竹竿头，赚一把黄小米！　［1917年］

一颗遭劫的星

北京《国民公报》响应新思潮最早，遭忌也最深。今年十一月被封，主笔孙几伊君被捕。十二月四日判决，孙君定监禁十四个月的罪。我为这事做这诗。

热极了！
更没有一点风！
那又轻又细的马缨花须
动也不动一动！

好容易一颗大星出来；
我们知道夜凉将到了：——
仍旧是热，仍旧没有风，
只是我们心里不烦躁了。

忽然一大块黑云
把那颗清凉光明的星围住；
那块云越积越大，
那颗星再也冲不出去！

乌云越积越大，
遮尽了一天的明霞；
一阵风来，
拳头大的雨点淋漓打下！

大雨过后，
满天的星都放光了，
那颗大星欢迎着他们，

大家齐说“世界更清凉了！” ［1919年］

梦与诗

都是平常经验，
都是平常影像，
偶然涌到梦中来，
变幻出多少新奇花样！

都是平常情感，
都是平常言语，
偶然碰着个诗人，
变幻出多少新奇诗句！

醉过才知酒浓，
爱过才知情重：——
你不能做我的诗，
正如我不能做你的梦。 ［1920年］

希望

我从山中来，
带得兰花草；
种在小园中，
希望开花好。

一日望三回，
望到花时过；
急坏看花人，
苞也无一个。

眼见秋天到，
移花供在家；
明年春风回，
祝汝满盆花！

［1921年］

沈尹默

*

沈尹默（1883—1971），原名君默，祖籍浙江湖州，生于陕西兴安（今陕西安康）。早年留学日本。1913 年到北京大学中文系任教。1932 年任北平大学校长。1949 年后历任中央文史馆副馆长，上海市人民委员会委员等。曾任《新青年》编委，是最早尝试新诗创作的诗人之一；后来主要写旧体诗，又以书法闻名。出版诗集《秋明集》《秋明长短句》《秋明杂室诗》。

月夜

霜风呼呼的吹着，
　月光明明的照着。
我和一株顶高的树并排立着，
　却没有靠着。

［1918 年］

三弦

中午时候，火一样的太阳，没法去遮拦，让他直晒着长街上。静悄悄少人行路；只有悠悠风来，吹动路旁杨树。

谁家破大门里，半院子绿茸茸细草，都浮着闪闪的金光。旁边有一段低低土墙，挡住了个弹三弦的人，却不能隔断那三弦鼓荡的声浪。

门外坐着一个穿破衣裳的老年人，双手抱着头，他不声不响。

［1918 年］

人力车夫

日光淡淡，白云悠悠。

风吹薄冰，河水不流。

出门去，雇人力车，街上行人，往来很多；车马纷纷，不知干些什么？

人力车上人，个个穿棉衣，个个袖手坐，还觉风吹来，身上冷不过。

车夫单衣已破，他却汗珠儿颗颗往下堕。

［1918 年］

周作人

*

周作人（1885—1967），原名櫆寿，字星杓，浙江绍兴人。1917年到北京大学附属国史编纂处做编纂，1918年任北京大学文科（文学院）教授，创办东方语言文学系，出任首任系主任。“五四”时期任新潮社主任编辑，参加编辑《新青年》，发起成立文学研究会，是新文化运动的重要代表人物之一。“五四”以后，为《语丝》周刊的主编和主要撰稿人。出版诗集《过去的生命》。

两个扫雪的人

　　阴沉沉的天气，
香粉一般的白雪，下的漫天遍地。
天安门外，白茫茫的马路上，
全没有车马踪迹，
只有两个人在那里扫雪。
　　一面尽扫，一面尽下，
扫净了东边，又下满了西边，
扫开了高地，又填平了坳地。
粗麻布的外套上已经积了一层雪，
他们两人还只是扫个不歇。

雪愈下愈大了；
上下左右都是滚滚的香粉一般的白雪。
在这中间，好像白浪中漂着两个蚂蚁，
他们两人还只是扫个不歇。
祝福你扫雪的人！
我从清早起，在雪地里行走，不得不谢谢你。　　　［1919 年］

画家

　　可惜我并非画家，
不能将一枝毛笔，
写出许多情景。——
　　两个赤脚的小儿，
立在溪边滩上，
打架完了，
还同筑烂泥的小堰。
　　车外整天的秋雨，
靠窗望见许多圆笠，——
男的女的都在水田里，
赶忙着分种碧绿的稻秧。
　　小胡同口，
放着一副菜担，——
满担是青的红的萝卜，
白的菜，紫的茄子，
卖菜的人立着慢慢的叫卖。

初寒的早晨，
马路旁边，靠着沟口，
一个黄衣服蓬头的人，
坐着睡觉，——
屈了身子，几乎叠作两折。
看他背后的曲线，
历历的显出生活的困倦。
这种种平凡的真实印象，
永久鲜明的留在心上，
可惜我并非画家，
不能用这枝毛笔，
将他明白写出。 ［1919年］

爱与憎

师只教我爱，不教我憎，
但我虽然不全憎，也不能尽爱。
爱了可憎的，岂不薄待了可爱的？
农夫田里的害虫，应当怎么处？
蔷薇上的青虫，看了很可憎，
但他换上美丽的衣服，翩翩的飞去。
稻苗上的飞蝗，被着可爱的绿衣，
他却只吃稻苗的新叶。
我们爱蔷薇，也能爱蝴蝶。
为了稻苗，我们却将怎么处？ ［1919年］

过去的生命

这过去的我的三个月的生命，那里去了？
没有了，永远的走过去了！
我亲自听见他沉沉的缓缓的一步一步的，
在我床头走过去了。
我坐起来，拿了一枝笔，在纸上乱点，
想将他按在纸上，留下一些痕迹，——
但是一行也不能写，
一行也不能写。
我仍是睡在床上，
亲自听见他沉沉的他缓缓的，一步一步的，
在我床头走过去了。

[1921 年]

刘半农

*

刘半农（1891—1934），原名寿彭，后改名复，江苏江阴人。1917年到北京大学任法科预科教授，并参加《新青年》杂志的编辑工作，是“五四”新文化运动的积极倡导者、早期白话新诗主要作者。1920年到英国伦敦大学学习实验语音学，后转入法国巴黎大学学习，获文学博士学位。1925年回国后任北京大学国文系教授，讲授语音学。出版诗集《瓦釜集》《扬鞭集》。

相隔一层纸

屋子里拢着炉火，
老爷分付开窗买水果，
说“天气不冷火太热，
别任它烤坏了我”。

屋子外躺着一个叫化子，
咬紧了牙齿对着北风喊“要死”！
可怜屋外与屋里，
相隔只有一层薄纸！

［1917年］

教我如何不想她

天上飘着些微云，
地上吹着些微风。
啊！
微风吹动了我头发，
教我如何不想她？

月光恋爱着海洋，
海洋恋爱着月光。
啊！
这般蜜也似的银夜，
教我如何不想她？

水面落花慢慢流，
水底鱼儿慢慢游。
啊！
燕子你说些什么话？
教我如何不想她？

枯树在冷风里摇。
野火在暮色中烧。
啊！
西天还有些儿残霞，
教我如何不想她？

［1920年，伦敦］

一个小农家的暮

她在灶下煮饭，新砍的山柴，
必必剥剥的响。
灶门里嫣红的火光，
闪着她嫣红的脸，
闪红了她青布的衣裳。

他衔着个十年的烟斗，
慢慢地从田里回来；
屋角里挂去了锄头，
便坐在稻床上，
调弄着只亲人的狗。

他还踱到栏里去，
看一看他的牛，
回头向她说：
“怎样了——
我们新酿的酒？”

门对面青山的顶上，
松树的尖头，
已露出了半轮的月亮。

孩子们在场上看着月，

还数着天上的星：
“一，二，三，四……”
“五，八，六，两……”

他们数，他们唱：
“地上人多心不平，
天上星多月不亮。” ［1921年，伦敦］

鲁　迅

*

鲁迅（1881—1936），原名周樟寿，字豫山，后改名周树人，字豫才，浙江绍兴人。中国20世纪上半叶影响最大的重要作家，现代文学的奠基人之一。1920年到北京大学任教，讲授中国小说史。主要作品有：小说集《呐喊》《彷徨》《故事新编》等；散文集《朝花夕拾》；散文诗集《野草》；杂文集《坟》《热风》《华盖集》《三闲集》《二心集》《南腔北调集》《且介亭杂文》等。

《野草》题辞

当我沉默着的时候，我觉得充实；我将开口，同时感到空虚。

过去的生命已经死亡。我对于这死亡有大欢喜，因为我借此知道它曾经存活。死亡的生命已经朽腐。我对于这朽腐有大欢喜，因为我借此知道它还非空虚。

生命的泥委弃在地面上，不生乔木，只生野草，这是我的罪过。

野草，根本不深，花叶不美，然而吸取露，吸取水，吸取陈死人的血和肉，各各夺取它的生存。当生存时，还是将遭践踏，将遭删刈，直至于死亡而朽腐。

但我坦然，欣然。我将大笑，我将歌唱。

我自爱我的野草，但我憎恶这以野草作装饰的地面。

地火在地下运行，奔突；熔岩一旦喷出，将烧尽一切野草以及乔木，于是并且无可朽腐。

但我坦然，欣然。我将大笑，我将歌唱。

天地有如此静穆，我不能大笑而且歌唱。天地即不如此静穆，我或者也将不能。我以这一丛野草，在明与暗，生与死，过去与未来之际，献于友与仇，人与兽，爱者与不爱者之前作证。

为我自己，为友与仇，人与兽，爱者与不爱者，我希望这野草的死亡与朽腐，火速到来。要不然，我先就未曾生存，这实在比死亡与朽腐更其不幸。

去罢，野草，连着我的题辞！

［1927 年，鲁迅记于广州之白云楼上］

我的失恋
——拟古的新打油诗

我的所爱在山腰；
想去寻她山太高，
低头无法泪沾袍。
爱人赠我百蝶巾；
回她什么：猫头鹰。
从此翻脸不理我，
不知何故兮使我心惊。

我的所爱在闹市；
想去寻她人拥挤，

仰头无法泪沾耳。
爱人赠我双燕图；
回她什么：冰糖壶卢。
从此翻脸不理我，
不知何故兮使我胡涂。

我的所爱在河滨；
想去寻她河水深，
歪头无法泪沾襟。
爱人赠我金表索；
回她什么：发汗药。
从此翻脸不理我，
不知何故兮使我神经衰弱。

我的所爱在豪家；
想去寻她兮没有汽车，
摇头无法泪如麻。
爱人赠我玫瑰花；
回她什么：赤练蛇。
从此翻脸不理我，
不知何故兮——由她去罢。

［1924年］

傅斯年

*

傅斯年（1896—1950），字孟真，山东聊城人。著名历史学家、古典文学研究专家、教育家、学术领导人。1913年考入北京大学预科，1916年升入北京大学文科，1918年与罗家伦、顾颉刚等组织新潮社，创办《新潮》月刊，提倡新文化，五四运动学生领袖之一。后曾任中央研究院历史语言研究所所长、北京大学代理校长、台湾大学校长。

老头子和小孩子

这是十五年前的经历；现在想起，恰似梦景一般。

三日的雨，
接着一日的晴。
到处的蛙鸣，
野外的绿烟儿濛濛腾腾。

远远树上的“知了”声；
近旁草底的“蛐蛐”声；
溪边的流水花浪花浪；
柳叶上的风声辟呖辟呖；

高粱叶上的风声沙喇沙喇；
一组天然的音乐，到人身上，化成一阵浅凉。
野草儿的香，
野花儿的香，
水儿的香，
团团的钻进鼻去，顿觉得此身也在空中荡漾。

这一幅水接天连，晴霭照映的画图里；
只见得一个六七十岁的老头子，
和一个八九岁的孩子，
立在河崖堤上。
仿佛这世界是他俩人的模样。 ［1919年］

俞平伯

*

俞平伯（1900—1990），原名铭衡，字平伯，浙江德清人。散文家、红学家，新文学运动初期的诗人，中国白话诗创作的先驱者之一。新潮社、文学研究会、语丝社成员。1915 年考入北京大学文科预科，1919 年毕业。1922 年在北京大学任教，讲授清词、戏曲、小说等科目，并与朱自清等人创办“五四”以来最早诗歌刊物《诗》月刊。出版诗集《冬夜》《西还》《忆》《俞平伯诗全编》等。

冬夜之公园

哑！哑！哑！
队队的归鸦，相和相答。
淡茫茫的冷月，
衬着那翠叠叠的浓林，
越显得枝柯老态如画。

两行柏树，夹着蜿蜒石路，
竟不见半个人影。
抬头看月色，
似烟似雾朦胧罩着。

远近几星灯火，
忽黄忽白不定的闪烁——
格外觉得清冷。

鸦都睡了；满园悄悄无声。
惟有一个突地里惊醒，
这枝飞到那枝，
不知为甚的叫得这般凄紧？
听它仿佛说道，
“归呀！归呀！” [1918年]

春水船

太阳当顶，晌午的时分，
春光寻遍了海滨。
微风吹来，
聒碎零乱，又清又脆的一阵，
呀！原来是鸟——小鸟底歌声。

我独自闲步沿着河边，
看丝丝缕缕层层叠叠浪纹如织。
反荡着阳光闪烁，
辨不出高低和远近，
只觉得一片黄金般的颜色。

对岸的店铺人家，来往的帆樯，
和那看不尽的树林房舍，——
摆列着一线——
都浸在暖洋洋的空气里面。

我只管朝前走，
想在心头，看在眼里，
细尝那春天底好滋味。
对面来个纤人，
拉着个单桅的船徐徐移去。
双橹插在舷唇，
皴面开纹，活活水流不住。

船头晒着破网，
渔人坐在板上，
把刀劈竹拍拍的响。
船口立个小孩，又憨又蠢，
不知为什么，
笑迷迷痴看那黄波浪。

破旧的船，
褴褛的他俩，
但这种“浮家泛宅”的生涯，
偏是新鲜，干净，自由，
和可爱的春光一样。

归途望——
远近的高楼，
密重重的帘幕，
尽低着头呆呆的想！ ［1919年］

孤山听雨

云依依的在我们头上，
小桦儿却早懒懒散散地傍着岸了。
小青哟，和靖哟，
且不要萦住游客们底凭吊；
上那放鹤亭边，
看葛岭底晨妆去罢。

苍苍可滴的姿容，
少一个初阳些微晕的她。
让我们都去默着，
幽甜到不可以说了呢！
晓色更沉沉了；
看云生远山，
听雨来远天，
飒飒的三两点雨，
先打上了荷叶，
一切都从静默中叫醒来。

皱面的湖纹，
半蹙着眉尖样的，
偶然间添了——
花喇喇银珠儿那番迸跳。
是繁弦？是急鼓？
比碎玉声多几分清悄？

凉随雨生了，
闷因着雷破了，
翠叠的屏风烟雾似的朦胧了。
有湿风到我们底衣襟上，
点点滴滴的哨呀！

来时的划子横在渡头。
好个风风雨雨。
清冷冷的湖面。
看他一领蓑衣，
把没篷子的打鱼船，
闲闲的划到藕花外去。

雷声殷殷的送着，
雨丝断了，近山绿了；
只留恋的莽苍云气，
正盘旋在西泠以外，
极目的几点螺黛里。 [1921 年]

朱自清

*

朱自清（1898—1948），原名自华，号秋实，后改名自清，字佩弦，江苏东海（今江苏连云港）人，后随祖父、父亲定居扬州。1916年考入北京大学预科，1917年升入本科哲学系。1925年任清华大学中文系教授。1948年8月12日因胃穿孔病逝于北平。出版诗集《雪朝》，诗和散文集《踪迹》，散文集《背影》《春》《欧游杂记》等。

满月的光

好一片茫茫的月光，
静悄悄躺在地上！
枯树们的疏影，
荡漾出她们伶俐的模样。
仿佛她所照临，
都在这般伶伶俐俐地荡漾；
一色内外清莹，
再不见纤毫翳障。
月啊！我愿永远浸在你的光明海里，
长是和你一般雪亮！

［1919年］

送韩伯画往俄国

天光还早，
火一般红云露出了树梢，
不住地燃烧，不住地流动；
黑漆漆的大路，
照得闪闪铄铄的，有些分明了。
立着一个绘画的学徒，
通身凝滞了的血都沸了；
他手舞足蹈地唱起来了：
“红云呵
鲜明美丽的云呵！
你给了我一个新生命！
你是宇宙神经的一节；
你是火的绘画——
谁画的呢？
我愿意放下我所曾有的，
跟着你走；
提着真心跟着你！”
他果然赤裸裸的从大路上向红云跑去了！
祝福你绘画的学徒！
你将在红云里，
偷着宇宙的密意，
放在你的画里；
可知我们都等着哩！

［1921年］

湖上

绿醉了湖水，
柔透了波光；
擎着——擎着
从新月里流来
一瓣小小的小船儿：
白衣的平和女神们
随意地厮并着——
柔绿的水波只兢兢兢兢地将她们载了。
舷边颤也颤的红花，
是的，白汪汪映着的一枝小红花呵。
一星火呢？
一滴血呢？
一点心儿罢？
她们柔弱的，但是喜悦的，
爱与和平的心儿？
她们开始赞美她；
唱起美妙的，
不容我们听，只容我们想的歌来了。
白云依依地停着；
云雀痴痴地转着；
水波轻轻地汩着；
歌声只是袅袅娜娜着：
人们呢，

早被融化了在她们歌喉里。
　天风从云端吹来，
拂着她们的美发；
她们从容用手掠了。
于是——挽着臂儿，
并着头儿，
点着足儿；
笑上她们的脸儿，
唱下她们的歌儿。
　我们
被占领了的，
满心里，满眼里，
企慕着在破船上。
她们给我们美尝了，
她们给我们爱饮了；
我们全融化了在她们里，
也在了绿水里，
也在了柔波里，
也在了小船里，
和她们的新月的心里。　　[1921年]

徐志摩

*

徐志摩（1897—1931），原名章垿，字槱森，浙江海宁人。1916年考入北洋大学（今天津大学）法科，1917年因北洋大学法科并入北京大学，故转入北京大学就读。1918年赴美国克拉克大学学习银行学。1921年入英国剑桥大学研究政治经济学，同时开始新诗创作。1922年回国，1923年组织成立新月社。1924年任北京大学教授。1926年与闻一多等创办《晨报》副刊《诗镌》。1927年筹办新月书店，次年主编《新月》月刊。1931年与陈梦家等一起创办《诗刊》，任主编。1931年11月因飞机失事遇难。出版诗集《志摩的诗》《翡冷翠的一夜》《猛虎集》《云游》等。

月下待杜鹃不来

看一回凝静的桥影，
数一数螺钿的波纹，
我倚暖了石栏的青苔，
青苔凉透了我的心坎；

月儿，你休学新娘羞，
把锦被掩盖你光艳首，

你昨宵也在此勾留，
可听她允许今夜来否？

听远村寺塔的钟声，
像梦里的轻涛吐复收，
省心海念潮的涨歇，
依稀漂泊踉跄的孤舟！

水粼粼，夜冥冥，思悠悠，
何处是我恋的多情友，
风飕飕，柳飘飘，榆钱斗斗，
令人长忆伤春的歌喉。 ［1923 年］

雪花的快乐

假如我是一朵雪花，
翩翩的在半空里潇洒，
  我一定认清我的方向——
  飞飏，飞飏，飞飏——
这地面上有我的方向。

不去那冷寞的幽谷，
不去那凄清的山麓，
  也不上荒街去惆怅——
  飞飏，飞飏，飞飏——

你看，我有我的方向！

在半空里娟娟的飞舞，
认明了那清幽的住处，
　等着她来花园里探望——
　飞飏，飞飏，飞飏——
啊，她身上有朱砂梅的清香！

那时我凭借我的身轻，
盈盈的，沾住了她的衣襟，
　贴近她柔波似的心胸——
　消溶，消溶，消溶——
溶入了她柔波似的心胸！

［1924年］

为要寻一个明星

我骑着一匹拐腿的瞎马，
　　向着黑夜里加鞭；——
　　向着黑夜里加鞭，
我跨着一匹拐腿的瞎马！

我冲入这黑绵绵的昏夜，
　　为要寻一颗明星；——
　　为要寻一颗明星，
我冲入这黑茫茫的荒野。

累坏了，累坏了我胯下的牲口，
　　那明星还不出现；——
　　那明星还不出现，
累坏了，累坏了马鞍上的身手。

这回天上透出了水晶似的光明，
　　荒野里倒着一只牲口，
　　黑夜里躺着一具尸首。——
这回天上透出了水晶似的光明！　　［1924 年］

沙扬娜拉一首
——赠日本女郎

最是那一低头的温柔，
　像一朵水莲花不胜凉风的娇羞，
道一声珍重，道一声珍重，
　那一声珍重里有蜜甜的忧愁——
　　沙扬娜拉！　　［1924 年］

偶然

我是天空里的一片云，
偶尔投影在你的波心——
　　你不必讶异，
　　更无须欢喜——

在转瞬间消灭了踪影。

你我相逢在黑夜的海上，
你有你的，我有我的，方向；
　　你记得也好，
　　最好你忘掉，
在这交会时互放的光亮！　　［1926年］

再别康桥

轻轻的我走了，
　正如我轻轻的来；
我轻轻的招手，
　作别西天的云彩。

那河畔的金柳，
　是夕阳中的新娘；
波光里的艳影，
　在我的心头荡漾。

软泥上的青荇，
　油油的在水底招摇；
在康桥的柔波里，
　我甘心做一条水草！

那榆荫下的一潭，
　不是清泉，是天上虹；
揉碎在浮藻间，
　沉淀着彩虹似的梦。

寻梦？撑一支长篙，
　向青草更青处漫溯；
满载一船星辉，
　在星辉斑斓里放歌。

但我不能放歌，
　悄悄是别离的笙箫；
夏虫也为我沉默，
　沉默是今晚的康桥！

悄悄的我走了，
　正如我悄悄的来；
我挥一挥衣袖，
　不带走一片云彩。

［1928 年］

康白情

*

康白情（1896—1959），字鸿章，四川安岳人。1917 年考入北京大学哲学系。1918 年与傅斯年、罗家伦等组织新潮社，创办《新潮》月刊。1919 年参加少年中国学会，《少年中国》月刊创刊后，任编辑部副主任。1920 年留学美国，1926 年回国在山东大学、中山大学、厦门大学任教。1957 年被划为“右派”，后病逝于返乡途中。出版诗集《草儿》《河上集》等。

草儿

草儿在前，
鞭儿在后。
那喘吁吁的耕牛，
正担着犁鸢，
眙着白眼，
带水拖泥，
在那里“一东二冬”地走着。

“呼——呼……”
“牛吔，你不要叹气，

快犁快犁，
我把草儿给你。”

“呼——呼……”
“牛吔，快犁快犁。
你还要叹气，
我把鞭儿抽你。”

牛呵！
人呵！
草儿在前，
鞭儿在后。 ［1919 年］

风里的蜘蛛

竹韵阁阁，
　杏花满天，
檐角上一个带丝的蜘蛛儿，
　乘风飞上杏尖。

杏丫把丝儿挂住；
　他尽过桥般的来去。
几度折桥，——
　都被无情的风妒。
“怕你风妒！

还等你风来再絮[1]！” ［1919年］

送客黄浦

一

送客黄浦，
我们都攀着缆——风吹着我们的衣裳——
站在没遮栏的船楼边上。
黑沉沉的夜色，
迷离了山光水晕，就星火也难辨白。
谁放浮灯？——仿佛是一叶轻舟？
却怎么不闻桡响？
今夜的黄浦；
明日的九江。
船呵，我知道你不问前途，
尽直奔那逆流的方向！
这中间充满了别意，
但我们只是初次相见。

二

送客黄浦，

1　四川方言，凡微小动物营巢都叫作絮。

我们都攀着缆——风吹着我们的衣裳——
站在没遮栏的船楼边上。
看看凉月丽空，
才显出淡妆的世界。
我想世界上只有光，
只有花，
只有爱！
我们都谈着——
谈到日本二十年来的戏剧，
也谈到“日本的光，的花，的爱”的须磨子。
我们都互相的看着，
只是寿昌有所思，
他不曾看着我，
也不曾看着别的那一个。
这中间充满了别意。
但我们只是初次相见。

三

送客黄浦，
我们都攀着缆——风吹着我们的衣裳——
站在没遮栏的船楼边上。
四周的人籁都寂了，
只有她缠绵的孤月，
尽照着那碧澄澄的风波，

碰着船呲里绷垅的响。

我知道人的素心，

水的素心，

月的素心——一样。

我愿水送客行，

月伴我们归去！

这中间充满了别意

但我们只是初次相见。　［1919 年］

罗家伦

*

罗家伦（1897—1969），字志希，浙江绍兴人。1917年考入北京大学文科，曾与傅斯年等组织新潮社，创办《新潮》月刊。曾历任清华大学、中央大学校长。1949年赴台湾。

雪

往日独登楼，
　但见惨淡寒烟，满城昏黑。
如何隔夜推窗，
　变得这般清白！
难道是“大老”爱银子的精诚，
　感动“老天”把世界变成这样颜色。
还是“老天”不忍地狱沉沉，
　也教他有片时的改革。
遥想畅观楼中，陶然亭下，
　有人带酒披裘，称心赏雪；
那知道地安门前，皇城根底，
　还有人穿着单衣，按着肚皮，震着牙齿，
　断断续续的叫“了……了……不得！”　　［1918年］

冯 至

*

冯至（1905—1993），原名承植，字君培，河北涿州人。1921 年考入北京大学文科预科，1923 年转入本科德文系。1923 年加入林如稷等主办的文学团体浅草社。1925 年和杨晦、陈翔鹤等成立沉钟社，出版刊物《沉钟》《沉钟丛刊》。1930 年赴德国留学。后历任西南联合大学、北京大学教授，中国社会科学院外国文学研究所所长。出版诗集《昨日之歌》《北游及其他》《十四行集》。

满天星光

我把这满天的星光，
聚拢在我的怀里，
把它们当作颗颗的泪珠，
用情丝细细地穿起——
穿成了一件外氅
披在爱人的身上！
还有那西边的
弯弯的月儿，
也慢慢取了下来，
去梳她那温柔的头发。

我们赞叹着古代的仙人，

我们吹着箫，

我们吹着笙，

我们的音调蜜吻，

我们御风而行，

我们到了天空，

天的最上层——

将外鼇打开，

另把这满天的星斗安排！

重把笙箫合奏，

超脱了世上的荣华，

同那些浮潜的悲哀！

［1923 年］

雨夜

树林里聚集着

无数的幽灵，

它们又歌又舞，

踏着风声雨声。

蟋蟀在草里鸣叫，

它们永不停息；

可有个行路的人

在林里迷失？

闪电闪在林里，
照给她一条小道——
蝉在树上骤然鸣，
鸟在谷中应声叫。

雷声击在林里，
幽灵们四方散去，
散到隐秘的地方，
唱着凄凉的歌曲：

“憔悴的马缨花须，
愁遍山崖的薜荔，
随着冷雨凄风
吹入人间的美梦里。” ［1924年］

蛇

我的寂寞是一条蛇，
静静地没有言语。
你万一梦到它时
千万啊，不要悚惧！

它是我忠诚的侣伴，
心里害着热烈的乡思：
它想那茂密的草原——

你头上的、浓郁的乌丝。

它月影一般轻轻地
从你那儿轻轻走过；
它把你的梦境衔了来
像一只绯红的花朵。 ［1926年］

南方的夜

我们静静地坐在湖滨，
听燕子给我们讲南方的静夜。
南方的静夜已经被它们带来，
夜的芦苇蒸发着浓郁的情热——
　　我已经感到了南方的夜间的陶醉，
　　请你也嗅一嗅吧这芦苇中的浓味。

你说大熊星总像是寒带的白熊，
望去使你的全身都感到凄冷。
这时的燕子轻轻地掠过水面，
零乱了满湖的星影——
　　请你看一看吧这湖中的星象，
　　南方的星夜便是这样的景象。

你说，你疑心那边的白果松
总仿佛树上的积雪还没有消融。

这时燕子飞上了一棵棕榈，
唱出来一种热烈的歌声。——
　　请你听一听吧燕子的歌唱，
　　南方的林中便是这样的景象。

总觉得我们不像是热带的人，
我们的胸中总是秋冬般的平寂。
燕子说，南方有一种珍奇的花朵，
经过二十年的寂寞才开一次。——
　　这时我胸中忽觉得有一朵花儿隐藏，
　　它要在这静夜里火一样地开放！　　［1929 年］

十四行诗（选三）

1　我们准备着

我们准备着深深地领受
那些意想不到的奇迹，
在漫长的岁月里忽然有
彗星的出现，狂风乍起。

我们的生命在这一瞬间，
仿佛在第一次的拥抱里
过去的悲欢忽然在眼前
凝结成屹然不动的形体。

我们赞颂那些小昆虫，
它们经过了一次交媾
或是抵御了一次危险，

便结束它们美妙的一生。
我们整个的生命在承受
狂风乍起，彗星的出现。

21　我们听着狂风里的暴雨

我们听着狂风里的暴雨，
我们在灯光下这样孤单，
我们在这小小的茅屋里
就是和我们用具的中间

也有了千里万里的距离：
钢炉在向往深山的矿苗，
瓷壶在向往江边的陶泥；
它们都像风雨中的飞鸟

各自东西。我们紧紧抱住，
好像自身也都不能自主。
狂风把一切都吹入高空，

暴雨把一切又淋入泥土，

只剩下这点微弱的灯红
在证实我们生命的暂住。

27　从一片泛滥无形的水里

从一片泛滥无形的水里，
取水人取来椭圆的一瓶，
这点水就得到一个定形；
看，在秋风里飘扬的风旗，

它把住些把不住的事体，
让远方的光、远方的黑夜
和些远方的草木的荣谢，
还有个奔向远方的心意，

都保留一些在这面旗上。
我们空空听过一夜风声，
空看了一天的草黄叶红，

向何处安排我们的思想？
但愿这些诗像一面风旗
把住一些把不住的事体。

［1941 年］

废　名

*

废名（1901—1967），原名冯文炳，湖北黄梅人。1922 年考入北京大学预科英文班，曾为语丝社成员。1927 年北京大学改组京师大学堂时退学。1929 年在北京大学中文系任讲师，抗战期间回黄梅县教小学，1946 年于北京大学国文系任教，1949 年聘为教授。“京派文学”开创者之一。出版诗集《水边》、诗文集《招隐集》等，代表作品《桥》《莫须有先生传》。

妆台

因为梦里梦见我是个镜子，
沉在水里他将也是个镜子，
一位女郎拾去，
她将放上她的妆台。
因为此地是妆台，
不可有悲哀。

［1931 年］

掐花

我学一个“摘花高处赌身轻”

跑到桃花源岸攀手掐一瓣花儿，
于是我把它一口饮了。
我害怕我将是一个仙人，
大概就跳在水里淹死了。
明月出来吊我，
我欣喜我还是一个凡人
此水不现尸首，
一天好月照澈一溪哀意。 [1931年]

灯

深夜读书，
释手一本老子道德经之后，
若抛却吉凶悔吝，
相晤一室。
太疏远莫若拈花一笑了，
有鱼之与水，
猫不捕鱼，
又记起去年冬夜里地席上看见一只小耗子走路，
夜贩的叫卖声又做了宇宙的言语，
又想起一个年青人的诗句
“鱼乃水之花”。
灯光好像写了一首诗，
他寂寞我不读他。
我笑曰，我敬重你的光明。

我的灯又叫我听街上敲梆人。　[1931年]

十二月十九夜

深夜一枝灯，
若高山流水，
有身外之海。
星之空是鸟林，
是花，是鱼，
是天上的梦，
海是夜的镜子。
思想是一个美人，
是家，
是日，
是月，
是灯，
是炉火，
炉火是墙上的树影，
是冬夜的声音。　[1936年]

飞尘

不是想说着空山灵雨，
也不是想着虚谷足音，
又是一番意中糟粕，

依然是宇宙的尘土，——
檐外一声麻雀叫唤，
是的，诗稿请纸灰飞扬了。
虚空是一点爱情的深心。
宇宙是一颗不损坏的飞尘。

［1936 年］

卞之琳

*

卞之琳（1910—2000），江苏海门人。“汉园三诗人”之一。1929年考入北京大学英文系，次年开始写诗。1936年与何其芳、李广田合出诗集《汉园集》。1940年后在西南联合大学、南开大学任教。1947年赴英国牛津大学做研究员。1949年回国后任北京大学西语系教授。1953年任中国社会科学院文学研究所研究员，出版诗集《三秋草》《鱼目集》《慰劳信集》《十年诗草》《雕虫纪历》等。

尺八

像候鸟衔来了异方的种子，
三桅船载来了一枝尺八。
从夕阳里，从海西头。
长安丸载来的海西客
夜半听楼下醉汉的尺八，
想一个孤馆寄居的番客
听了雁声，动了乡愁，
得了慰藉于邻家的尺八。
次朝在长安市的繁华里
独访取一枝凄凉的竹管……

（为什么霓虹灯的万花间，
还飘着一缕凄凉的古香？）
归去也，归去也，归去也——
像候鸟衔来了异方的种子，
三桅船载来了一枝尺八，
尺八乃成了三岛的花草。
（为什么霓虹灯的万花间
还飘着一缕凄凉的古香？）
归去也，归去也，归去也——
海西人想带回失去的悲哀吗？ ［1935 年］

断章

你站在桥上看风景，
看风景人在楼上看你。

明月装饰了你的窗子，
你装饰了别人的梦。 ［1935 年］

圆宝盒

我幻想在哪儿（天河里？）
捞到了一只圆宝盒，
装的是几颗珍珠：
一颗晶莹的水银

掩有全世界的色相，
一颗金黄的灯火
笼罩有一场华宴，
一颗新鲜的雨点
含有你昨夜的叹气……
别上什么钟表店
听你的青春被蚕食，
别上什么古董铺
买你家祖父的旧摆设。
你看我的圆宝盒
跟了我的船顺流
而行了，虽然舱里人
永远在蓝天的怀里，
虽然你们的握手
是桥！是桥！可是桥
也搭在我的圆宝盒里；
而我的圆宝盒在你们
或他们也许就是
好挂在耳边的一颗
珍珠——宝石？——星？ ［1935年］

灯虫

可怜以浮华为食品，
小蠓虫在灯下纷坠，

不甘淡如水，还要醉，
而抛下露养的青身。

多少艘艨艟一起发，
白帆篷拜倒于风涛，
英雄们求的金羊毛，
终成了海伦的秀发。赞美吧。

芸芸的醉仙
光明下得了梦死地，
也画了佛顶的圆圈！

晓梦后看明窗净几，
待我来把你们吹空，
像风扫满阶的落红。 [1937年]

妆台（古意新拟）

世界丰富了我的妆台，
宛然水果店用水果包围我，
纵不费气力而俯拾即是，
可奈我睡起的胃口太弱？

游丝该系上左边的檐角。
柳絮别掉下我的盆水。

镜子，镜子，你真是可恼，
让我先给你描两笔秀眉。

可是从每一片鸳瓦的欢喜
我了解了屋顶，我也明了
一张张绿叶一大棵碧梧——
看枝头一只弄喙的小鸟！

给那件新袍子一个风姿吧。
“装饰的意义在失却自己，”
谁写给我的话呢？别想了——
讨厌！“我完成我以完成你。”

［1937 年］

白螺壳

空灵的白螺壳，你，
孔眼里不留纤尘，
漏到了我的手里
却有一千种感情：
掌心里波涛汹涌，
我感叹你的神工，
你的慧心啊，大海，
你细到可以穿珠！
我也不禁要惊呼：
“你这个洁癖啊，唉！”

请看这一湖烟雨
水一样把我浸透，
像浸透一片鸟羽。
我仿佛一所小楼
风穿过，柳絮穿过，
燕子穿过像穿梭，
楼中也许有珍本，
书叶给银鱼穿织，
从爱字通到哀字——
出脱空华不就成！

玲珑吗，白螺壳，我？
大海送我到海滩，
万一落到人掌握，
愿得原始人喜欢，
换一只山羊还差
三十分之二十八，
倒是值一只蟠桃。
怕叫多思者想起：
空灵的白螺壳，你
卷起了我的愁潮——

我梦见你的阑珊：
檐溜滴穿的石阶，
绳子锯缺的井栏……

时间磨透于忍耐！
黄色还诸小鸡雏，
青色还诸小碧梧，
玫瑰色还诸玫瑰，
可是你回顾道旁，
柔嫩的蔷薇刺上
还挂着你的宿泪。

［1937年］

水分

蕴藏了最多水分的，海绵，
容过我童年最大的崇拜，
好奇心浴在你每个隙间，
我记得我有握水的喜爱。

忽然我关怀出门的旅人：
水瓶！让骆驼再多喝几口！
愿你们海绵一样的雨云
来几朵，跟在他们的尘后！

云在天上，熟果子在树上！
仰头想吃的，凉雨先滴他！
谁敢挤一滴柠檬，然后尝
我这杯甜而无味的红茶？

我敬你一杯。酒吧？也许是。

昨晚我做了浇水的好梦：

不要说水分是柔的，花枝，

抬起了，抬起了，你的愁容！

［1937 年］

李广田

*

李广田（1906—1968），山东邹平人。“汉园三诗人”之一。1929年考入北京大学英文系，次年开始发表诗文。1935年毕业后回济南教中学。1936年与北京大学学友卞之琳、何其芳合出诗集《汉园集》。1952年任云南大学副校长，1957年任校长。出版诗集《春城集》，散文集《画廊集》《银狐集》《雀蓑集》等。

夕阳里

夕阳里我走向白沙旷野，
白沙里闪着些美丽的贝壳。
多少年前——
此地可是无底的大海？
多少年前——
此地可是平湖绿波？
我步步地踏着，颗颗地拾掇，
我心里充满了说不出的凄切！

夕阳里我走向白沙野地，
白沙里缀着些圆滑的石子。

多少年前——
此地可是平湖绿波?
多少年前——
此地可是大海无底?
我步步地踏着，颗颗地拾掇，
我心里充满了说不出的凉意!

夕阳里我离开那一片白沙，
天边的落日已沉沉欲没。
双双的足影印在沙上，
低低的叹息响遍四野。
我踽踽地走着不住地想，
我心里充满了说不出的寂寞!

[1930年]

乡愁

在这座古城的静夜里，
听到了在故乡听过的明笛，
虽说是千山万水的相隔罢，
却也有同样忧伤的歌吹。

偶然间忆到了心头的，
却并非久别的父和母，
只是故园旁边的小池塘，
萧风中，池塘两岸的芦与荻。

[1932年]

秋灯

是中年人重温的友情呢，
还是垂暮者偶然的忆恋？
轻轻地，我想去一吻那灯球了。

灰白的，淡黄的秋夜的灯，
是谁的和平的笑脸呢？
不说话，我认你是我的老相识。

叮，叮，一个金甲虫在灯上吻，
寂然地，他跌醉在灯下了：
一个温柔的最后的梦的开始。

静夜的秋灯是温暖的，
在孤寂中，我却是有一点寒冷。
咫尺的灯，觉得是遥遥了。 ［1933 年］

旅途

不知是谁家的高墙头，
粉白的，映着西斜的秋阳的，
垂挂了红的瓜和绿的瓜，
摇摆着肥大的团扇叶，苍黄的。

像从远方的朋友带来的，好消息，
怎么，却只是疏疏的三两语？
声音笑貌都亲切，
但是，人呢，唉，人呢？

两扇漆黑的大门是半开的，
悄然地，向里面窥视了，
拖着沉重的脚步，又走去，
太阳下山了，蠓虫在飞，乌鸦也在飞。 ［1933 年］

地之子

我是生自土中，
来自田间的，
这大地，我的母亲，
我对她有着作为人子的深情。
我爱着这地面上的沙壤，湿软软的，
我的襁褓；
更爱着绿绒绒的田禾，野草，
保姆的怀抱。
我愿安息在这土地上，
在这人类的田野里生长，
生长又死亡。

我在地上，

昂了首，望着天上。

望着白的云，

彩色的虹，

也望着碧蓝的晴空。

但我的脚却永踏着土地，

我永嗅着人间的土的气息。

我无心于住在天国里，

因为住在天国时，

便失去了天国，

且失掉了我的母亲，这土地。 [1933 年]

何其芳

*

何其芳（1912—1977），原名何永芳，四川万县（今重庆市万州区）人。“汉园三诗人”之一。1931年考入北京大学哲学系。早在学生时代即从事诗歌写作。1938年到延安鲁迅艺术学院任教，加入中国共产党。曾任中国文学艺术界联合会委员，中国作家协会理事和书记处书记，中国社会科学院文学研究所所长等。出版诗集《预言》《夜歌》《夜歌和白天的歌》等。

预言

这一个心跳的日子终于来临！
你夜的叹息似的渐近的足音
我听得清不是林叶和夜风私语，
麋鹿驰过苔径的细碎的蹄声！
告诉我，用你银铃的歌声告诉我，
你是不是预言中的年轻的神？

你一定来自那温郁的南方，
告诉我那儿的月色，那儿的日光，
告诉我春风是怎样吹开百花，

燕子是怎样痴恋着绿杨。
我将合眼睡在你如梦的歌声里，
那温暖我似乎记得，又似乎遗忘。

请停下，请停下你疲劳的奔波，
进来，这儿有虎皮的褥你坐！
让我烧起每一个秋天拾来的落叶，
听我低低地唱起我自己的歌！
那歌声将火光一样沉郁又高扬，
火光一样将我的一生诉说。

不要前行！前面是无边的森林：
古老的树现着野兽身上的斑文，
半生半死的藤蟒一样交缠着，
密叶里漏不下一颗星星。
你将怯怯地不敢放下第二步，
当你听见了第一步空寥的回声。

一定要走吗？请等我和你同行！
我的脚知道每一条平安的路径，
我可以不停地唱着忘倦的歌，
再给你，再给你手的温存！
当夜的浓黑遮断了我们，
你可以不转眼地望着我的眼睛。

我激动的歌声你竟不听，
你的脚竟不为我的颤抖暂停！
像静穆的微风飘过这黄昏里，
消失了，消失了你骄傲的足音！
呵，你终于如预言中所说的无语而来，
无语而去了吗，年轻的神？ ［1931 年］

脚步

你的脚步常低响在我的记忆中，
在我深思的心上踏起甜蜜的凄动，
有如虚阁悬琴，久失去了亲切的手指，
黄昏风过，弦弦犹颤着昔日的声息，
又如白杨的落叶飘在无言的荒郊，
片片互递的叹息犹似树上的萧萧。
呵，那是江南的秋夜！
　　　　　　　　深秋正梦得酣熟，
而又清彻，脆薄，如不胜你低抑之脚步！
你是怎样悄悄地扶上曲折的阑干，
怎样轻捷地跑来，楼上一灯守着夜寒，
带着幼稚的欢欣给我一张稿纸，
喊着你的新词，
　　　　　　那第一夜你知道我写诗！ ［1932 年］

欢乐

告诉我，欢乐是什么颜色？
像白鸽的羽翅？鹦鹉的红嘴？
欢乐是什么声音？像一声芦笛？
还是从簌簌的松声到潺潺的流水？

是不是可握住的，如温情的手？
可看见的，如亮着爱怜的眼光？
会不会使心灵微微地颤抖，
或者静静地流泪，如同悲伤？

欢乐是怎样来的？从什么地方？
萤火虫一样飞在朦胧的树荫？
香气一样散自蔷薇的花瓣上？
它来时脚上响不响着铃声？

对于欢乐我的心是盲人的目，
但它是不是可爱的，如我的忧郁？ ［1932 年］

昔年

黄色的佛手柑从伸屈的指间
放出古旧的淡味的香气；
红海棠在青苔的阶石的一角开着，

像静静滴下的秋天的眼泪；
鱼缸里玲珑吸水的假山石上，
翻着普洱草叶背的红色；
小庭前有茶漆色的小圈椅，
曾扶托过我昔年的手臂。
寂寥的日子也容易从石阑畔，
从踯躅着家雀的瓦檐间轻轻去了，
不闻一点笑声，一丝叹息。
那迎风开着的小廊的双扉，
那匍匐上楼的龙钟的木梯，
和那会作回声的高墙，
都记得而且能琐细地谈说
我是一个太不顽皮的孩子，
不解以青梅竹马作嬉戏的同伴。
在那古老的落寞的屋子里，
我亦其一草一木，静静地长，
静静地青，也许在寂寥里
也曾开过两三朵白色的花，
但没有飞鸟的欢快的翅膀。　　　　［1932 年］

秋天（二）

震落了清晨满披着的露珠，
伐木声丁丁地飘出幽谷。
放下饱食过稻香的镰刀，

用背篓来装竹篱间肥硕的瓜果。
秋天栖息在农家里。

向江面的冷雾撒下圆圆的网，
收起青鳊鱼似的乌桕叶的影子。
芦篷上满载着白霜，
轻轻摇着归泊的小桨。
秋天游戏在渔船上。

草野在蟋蟀声中更寥阔了。
溪水因枯涸见石更清洌了。
牛背上的笛声何处去了，
那满流着夏夜的香与热的笛孔？
秋天梦寐在牧羊女的眼里。

［1932 年］

柏林

日光在蓖麻树上的大叶上。
七里蜂巢栖在土地祠里。
我这与影竞走者
逐巨大的圆环归来，
始知时间静止。

但青草上
何处是追逐蟋蟀的鸣声的短手膀？

何处是我孩提时游伴的欢呼
直升上树梢的蓝天?
这童年的阔大的王国
在我带异乡尘土的脚下
可悲泣地小。

沙漠中行人以杯水为珍。
弄舟者愁怨桨外的白浪。
我昔自以为有一片乐土,
藏之记忆里最幽暗的角隅。
从此始感到成人的寂寞,
更喜欢梦中道路的迷离。

[1933年]

扇

设若少女妆台间没有镜子,
成天凝望着悬在壁上的宫扇,
扇上的楼阁如水中倒影,
染着剩粉残泪如烟云。
叹年华流过绢面,
迷途的仙源不可往寻,
如寒冷的月里有了生物,
每夜凝望这苹果形的地球,
猜在它的山谷的浓淡阴影下,
居住着的是多么幸福……

[1935年]

梁宗岱

*

梁宗岱（1903—1983），广东新会（今江门市新会区）人。1921年加入文学研究会。1923年考入广州岭南大学。1924年赴法国留学，结识象征派诗歌大师保尔·瓦雷里，并将其诗作译成中文。1931年回国后任北京大学法文系主任兼教授。1941年任复旦大学外文系主任兼教授。中华人民共和国成立后，任教于中山大学、广州外国语学院。诗歌代表作为《晚祷》《白莲》等。

晚祷

——呈敏慧

之二

我独自地站在篱边。
主呵，在这暮霭底茫昧中。
温软的影儿恬静地来去，
牧羊儿正开始他野蔷薇底幽梦。
我独自地站在这里，
悔恨而沉思着我狂热的从前，
痴妄地采撷世界底花朵。

我只含泪地期待着——

祈望有幽微的片红

给暮春阑珊的东风

不经意地吹到我底面前：

虔诚地，静谧地

在黄昏星忏悔底温光中

完成我感恩底晚祷。 ［1924年］

南　星

*

南星（1910—1996），原名杜文成，河北怀柔（今北京怀柔）人。1932年考入北京大学外语系。曾任教于北京孔德学校、贵州大学，20世纪50年代以后执教于国际关系学院英语系。著有诗集《石像辞》、散文集《蠹鱼集》《松堂集》等，译著有《一知半解》《清流传》《尼古拉斯·尼克尔贝》等。

守墓人

让我去做一个守墓人吧，
因为那坟园遥对着你的住处；
因为荆棘与不成形的杂树，
代替了耸立的墙壁与白杨之林；
因为它任我的双脚逡巡不前，
正如它不拒绝乌鸦的栖止。

你指引给我那独特的碑石了，
但我要一一去探视的。
我并不经意坟园与我之契合，
我更愿对过路人

喃喃地讲述落枝声与黄昏鸟语。

不说那坟园与我有了十载因缘，
也应说早住在记忆里吧，
我深信它是我的神秘的故居，
倘此时墓中有声，
必为我作真实之证语。

你在那儿寻找我的痕迹么？
我的气息留为墓地之风，
我的手泽是在每一方碑石上，
每一片枯叶上，第一棵树干上，
莫听你的眼睛虚妄的报告。

从此你称我为安定的守墓人吧，
你认识坟园前的老屋了，
我将在那儿鄙视着年华，
只替你夜夜私窥月色。

城中

商店之行列永远是年青的，
时时闪耀着孩子的眼睛
向每一个过路人作态，
若有意，若无意。

过路人永远是年青的，
他们在追逐迅疾的车轮，
没有疲乏，没有回转，
不知道是否星辰在天。

武装者永远是年青的，
像一群人形的钟在街路上，
他们四双脚做了钟摆，
但时间是不会流动的。

且到有夜色的胡同里去吧，
叫卖声永远是年青的。
虽然有人听了十年九年，
他觉得他记错了岁月。

夜色遮不住老树的裂纹，
对面的墙壁也久已失修了，
但墙壁上的影子像花枝，
春风吹过了一个个季节。

只有几个人影静立在门外。
一夜如一年，一年如一夜。
永久与暂时混合了，
让他们怀疑自己年青或年老。

孙大雨

*

孙大雨（1905—1997），原名孙铭传，浙江诸暨人。中国著名文学翻译家、莎士比亚研究专家。1925年毕业于清华学校（今清华大学）高等科，曾先后在美国达德穆文学院和耶鲁大学研究院学习英国文学，1933年到北京大学外文系任教。后历任浙江大学、暨南大学外文系教授，中央政治学校英语系教授兼主任。著有诗集《自己的写照》《精神与爱的女神》等。

决绝

天地竟然老朽得这样不堪！
　我怕世界就要吐出他最后
　一口气息。无怪老天要破旧，
唉，白云收尽了向来的灿烂，
太阳暗得像死尸的白眼一般，
　肥圆的山岭变幻得像一列焦瘤，
　没有了林木和林中啼绿的猿猴，
也不再有山泉对着好鸟清谈。

大风抱着几根石骨在摩挲，

　海潮披散了满头满背的白发，
悄悄退到沙滩下独自叹息
去了：就此结束了她千古的喧哗，
　就此也开始天地和万有的永劫。
为的都是她向我道了一声决绝！　［1931年］

纽约城

纽约城纽约城纽约城
白天在阳光里垒一层又垒一层
入夜来点得千千万万盏灯
无数的车轮无数的车轮
卷过石青的大道早一阵晚一阵
那地道里那高架上的不是潮声
打雷却没有这般律吕这般匀整
不论晴天雨天清早黄昏
永远是无休无止的进行
有千斤的大铁锥令出如神
有锁天的巨练有锒铛的铁棍
辘轳盘着辘轳摩达赶着引擎
电火在铜器上没命的飞——飞——飞奔
有时候魔鬼要卖弄他险恶的灵魂
在那塔尖上挂起青青的烟雾一层　［1938年］

方　敬

*

方敬（1914—1996），重庆人。1933年考入北京大学外语系。毕业后，曾在贵州大学、重庆大学任教。1949年以后，在西南师范大学（现西南大学前身之一，原名西南师范学院）任教授并历任外语系主任、教务长、副院长。出版有诗集《雨景》《声音》《行吟的歌》《多难者的短曲》《拾穗集》《飞鸟的影子》《花的种子》等。

阴天

忧郁的宽帽檐
使我所有的日子都是阴天。

是快下久旱的雨？
是快飘纷纷的雪？
我想学一只倦鸟。
驮着低沉的天色
飞到温暖的阳光里。

我要走过一块空地
去访我的朋友。

我要到浓荫下
去访我亲切的记忆。
我是夏天的梦者。

忧郁的宽帽檐
使我所有的日子都是阴天。 ［1935 年］

雨景

薄暮的雨声在檐前，
在倚门人的心上。
他是怅惘了，
像送走一个远游客，
又像在等候着谁。
聪明的流浪子，
该停下了，
撑开旧时的油纸伞，
仿佛归了家，
一件风尘的薄衫，
沾染许多地方的雨点。
他是听熟了异乡的雨声，
倚门人都看厌了，
西天的晚云。 ［1935 年］

我是沉寂的洪钟

沉寂如蓝色凝冻

1937—1949

俞铭传

*

俞铭传，1915年生，卒年不详，安徽南陵人。武汉大学外文系毕业，后考取清华大学研究员，1937年入西南联大外语系学习。毕业后任北京大学西语系副教授，1951年调入中央外文局《人民画报》社任英文版副总编，1961年调入石家庄师范大学（1962年改名河北师范大学）任教。后病逝于石家庄。

以呢帽当雨伞

以呢帽当雨伞
头的感觉渐渐和心的感觉平衡了，
踏着路上的泥水，
踏着水中的灯光，
阿拉伯人骑一匹骆驼
独过月光下的千里沙漠。 [1938年]

拍卖行

来自不同的门第的
一群失宠的尤物。

以往的日子乃是潘彼得的梦。
曾经在香郁的嘴唇上亲吻的，
曾经与女人的手指同谋的，
曾经随着蜜蜡的胸脯而起伏的，

曾经以神秘的圆眼睛
　　　　摄取欢乐的灵魂的，
曾经不分永昼与永夜地
　　　　用象牙的吸盘吮血的，
曾经借浩渺的风云或苍老的松石
　　　　装饰着华丽的客厅的，
曾经任劳任怨地越过
　　　　千重山万重水的……
以往的日子乃是潘彼得的梦。
王昭君还在依恋汉宫吗？

那边却是芝加哥的屠场。
吊在铁丝的脖子上的
　　　　皮革的纵队，
　　　　哔叽的纵队
　　　　绸缎的纵队
还有使 Manet 的眼睛迷离的
　　　　说不出名字来的纵队，
还有羊毛与驼毛的 torsi：
　　　　汽车，脂粉与香水

以及梅毒的细菌
酿造着都市的氛围。

它们已经失去了处女的颜色。
它们果真失宠了呢，还是战争消瘦了的恩人

且听门楣上的收音机：
吉卜赛的女人替它们算命了。 [1943年]

杨周翰

*

杨周翰（1915—1989），江苏苏州人。1933年考入北京大学英文系，1935年赴瑞典协助美学史家喜仁龙编写英文本《中国绘画史》，1938年回国后入西南联大外语系学习，1939年毕业并留校任教。1949年毕业于牛津大学英文系，回国后历任清华大学副教授，北京大学教授、英国文学教研室主任，中国社会科学院外国文学研究所学术委员会副主任。学术著作有《欧洲文学史》《攻玉集》《十七世纪英国文学》等。译著有谢立丹的《情敌》、贺拉斯的《诗艺》、莎士比亚的《亨利八世》、奥维德的《变形记》、维吉尔的《埃涅阿斯纪》等。

女面狮（四）

我们肩靠着肩，膝盖倚住
膝盖，亲爱的，坐在这节列车上，
绿草上翻筋斗的阳光向车窗欢呼，
车轮单调的韵律又把它辗伤。

亲爱的，车外鲜活的故事在我们
头脑的银幕上映成一串连续
不起的影片，我们在想，在做梦，

直到我们是奇怪的大头的动物；

生命载着永恒的蜜月中的你我，
在迷宫的循环铁道上，煤烟的长城里，
走向我们所自来的开始，

那就是母胎里的黑暗；黑暗爬过
高墙，又来抚摩我的灵魂，
我们停止了，没有一切的责任。

山景

山峰拥挤着山峰，衰老
干枯的岁月榨出一滴树，
又在空中升化，像贫民窟
屋顶上一撮黄色的小草。
山峰的心腑似乎在跳跃，
这些孕育着秘密的坟墓！
这些扭曲的土块是痛苦
照见的形相？心脏病的征兆？

［选自《闻一多全集·现代诗钞》，开明书店 1948 年版］

杜运燮

*

杜运燮（1918—2002），福建古田人，生于马来西亚霹雳州。1938年考入浙江大学农学系，后转入厦门大学生物系。1939年入西南联大外语系学习，1945年毕业。毕业后曾任报纸编辑和中学教员。1951年起在北京新华社国际部工作，1986年退休。文学著作有：诗集《诗四十首》《南音集》《晚稻集》《你是我爱的第一个》等，与诗友合辑的《九叶集》《八叶集》，散文集《热带风光》。

园

我站在桥上
看不尽的流水
固然看不见桥下的涟漪……
毋须说到前线烟火
我们这里也天天有飞机
花开花谢都是呼吸
绿叶也终于成为泥土

一切自都有更代
可不必去怀想旧主人

几颗小苞蕾露出牙笑了
立刻又闭口，低头，萎顿……

园中有鸟，如同有铁丝网的战壕
飞鸟惊心，如同子弹来去
明净的水流过黑土、白石的桥根
最后应该有一个阳光的园林…… ［1940年］

Narcissus

一切是镜子，是水，
自己的影像就在眼前。

不要纠缠在眼睛的视觉里。
心灵的深处会为它绞痛，
流血；心灵的高处会为它
铺乌云，挡住幸福的阳光。
那就会有一片忧郁——
没有方向和希望，
没有上下，记忆的轰响串成
无尽的噪音……

于是一切混乱。
生命在混乱中枯萎，自己的
影像成为毒药，染成忧郁，

染成灰色，渐渐发霉、发臭……
但是，能看到镜里的丑相的，不妨
耸一耸肩，冷笑一声，对人间说：
“能忘记自己的有福了。”然后
搅浑了水，打破镜子。 ［1942 年］

滇缅公路

不要说这只是简单的普通现实；
试想没有血脉的躯体，没有油管的
机器。这是不平凡的路，更不平凡的人：
就是他们，冒着饥寒与疟蚊的袭击，
（营养不足，半裸体，挣扎在死亡的边沿）
每天不让太阳占先，从匆促搭盖的
土穴草窟里出来，挥动起原始的
锹镐，不惜仅有的血汗，一厘一分地
为民族争取平坦，争取自由的呼吸。

放声歌唱吧，接近胜利的人民，
新的路给我们新的希望。而就是他们，
（还带着沉重的枷锁而任人播弄）
给我们明朗的信念，光明闪烁在眼前。
我们都记得无知而勇敢的牺牲，
永在阴谋剥削而支持享受的一群，
与一种新声音在响，一个新世界在到来，

如同不会忘记时代是怎样无情，
一个浪头，一个轮齿都是清楚的教训。

看，那就是，那就是他们不朽的化身：
穿过高寿的森林，经过万千年风霜
与期待的山岭，蛮横如野兽的激流，
以及神秘如地狱的疟蚊大本营，……
就用勇敢而善良的血汗与忍耐
踩过一切阻碍，走过来，走出来，
给战斗疲倦的中国送鲜美的海风，
送热烈的鼓励，送血，送一切，于是
这坚韧的民族更英勇，开始拍手：
“我起来了，我起来了，我就要自由！”

路永远使我们兴奋，想纵情歌唱。
这是重要的时刻，胜利就在前方。
看它，风一样有力，航过绿色的原野，
蛇一样轻灵，从茂密的草木间
盘上高山的背脊，飘行在云流中，
俨然在飞机座舱里，发现新的世界，
而又鹰一般敏捷，画几个优美的圆弧，
降落到箕形的溪谷，倾听村落里
安息前欢愉的匆促，轻烟的朦胧中
溢着亲密的呼唤，家庭的温暖，
然后懒散地，沿着水流缓缓走向城市。

就在粗糙的寒夜里，荒冷
而空洞，也一样负着全民族的
食粮：载重卡车的亮眼满山搜索，
搜索着跑向人民的渴望；
沉重的胶皮轮不绝滚动着，
人民兴奋的脉搏，每一块石子
一样觉得为胜利尽忠而骄傲：
微笑了，在满意地默默注视的星月下面，
微笑了，在热闹的凯旋日子的好梦里。

征服了黑暗就是光明，它晓得：
大家都看见，黎明的红色消息已写在
每一片云彩上，攒涌着多少兴奋的面庞，
七色的光在忙碌调整布景的效果，
星子在奔走，鸟儿在转身睁眼，
远处沿着山顶闪着新弹的棉花，
滇缅公路得到万物朝气的鼓励，
狂欢地运载着远方来的物资，
上峰顶看雾，看山坡上的日出，
修路工人在草露上打欠伸："好早啊！"

早啊！好早啊！路上的尘土还没有
大群地起来追逐，辛勤的农夫
因为太疲劳，肌肉还需要松弛，
牧羊的小孩正在纯洁的忘却中，

城里人还在重复他们枯燥的旧梦，
而它，就引着成群各种形状的影子
在荒废多年的森林草丛间飞奔：
一切在飞奔，不准许任何人停留，
远方的星球被转下地平线，
拥挤着房屋的城市已到面前，
可是它，不许停，这是光荣的时代，
整个民族在等待，需要它的负载。 ［1942 年，昆明］

井

我是静默。几片草叶，
小小的天空飘几朵浮云，
便是我完整和谐的世界。

是你们在饥渴的时候，
离开了温暖，前来淘汲，
才瞥见你们满面的烦忧。

但我只好被摒弃于温暖
之外，满足于荒凉的寂寞：有孤独
才能保持永远澄澈的丰满。

你们只汲取我的表面，
剩下冷寂的心灵深处

让四方飘落的花叶腐烂。

你们也只能扰乱我的表面，
我的生命来自黑暗的地层，
那里我才与无边的宇宙相联。

你们可用垃圾来使我被遗弃，
但我将默默地承受一切，洗涤
它们，我将永远还是我自己：

静默，清澈，简单而虔诚，
绝不逃避，也不兴奋，
微雨来的时候，也苦笑几声。 ［1944 年］

山

来自平原，而只好放弃平原，
植根于平原，却更想植根于云汉，
茫茫平原的升华，它幻梦的形象，
大家围着你，骄傲有你，而你在厌倦。

你爱的是高远变化万千的天空，
有无尽光热的太阳，谈吐风雅的月亮，
笑眼的星群，生命力最丰富的风，
戴雪帽享受寂静冬日的安静：

还喜欢一些有音乐天才的流水，
挂一面瀑布，唱悦耳的单调山歌；
或者阴森的孤庙，招引善男信女俯跪，
有暮鼓晨钟陷阱里困兽的长嚎；

或者一个隐士，羡慕你，追随你，
欣赏人海的波涛起伏，却只能孤独
生活，到夜里，梦着流水流着梦，
回到平原上唯一甜蜜的童年的记忆。

你追求，所以厌倦，所以更追求：
你没有桃花，没有牛羊，炊烟，村落；
可以鸟瞰，有更多空气，也有更多石头；
因为你只好离开你必需的，你永远寂寞。 ［1945 年］

郑 敏

*

郑敏，1920年生，福建福州人。1939年考入西南联大哲学系，1943年毕业，后赴美国布朗大学留学，获英国文学硕士学位。1955年回国，曾在中国社会科学院文学研究所工作。1960年后在北京师范大学外语系讲授英美文学。出版诗集《诗集一九四二——九四七》《寻觅集》《心象》《早晨，我在雨里采花》等。

怅怅

我们俩同在一个阴影里，
抚着船栏儿说话，
这秋天的早风真冷！
一回我低头的当儿
仿佛觉得太阳摸我的脸，
呵，我的颊像溶了的雪，
我的心像热了的酒，
我抬头向你喊道：
不，我们俩同在一片阳光里了？
抚着船栏儿说话，
这秋天的太阳真暖！

为什么你只招着手儿微笑呢？
原来一个岸上，一个船里，
那船慢慢朝着
那边有阳光的水上开去了。

金黄的稻束

金黄的稻束站在
割过的秋天的田里，
我想起无数个疲倦的母亲
黄昏的路上我看见那皱了的美丽的脸
收获日的满月在
高耸的树巅上
暮色里，远山是
围着我们的心边
没有一个雕像能比这更静默。
肩荷着那伟大的疲倦，你们
在这伸向远远的一片
秋天的田里低首沉思
静默。静默。历史也不过是
脚下一条流去的小河
而你们，站在那儿
将成了人类的一个思想。

树

我从来没有真正听见声音
像我听见树的声音，
当他悲伤，当他忧郁
当他鼓舞，当他多情
时的一切声音
即使在黑暗的冬夜里，
你走过它也应当像
走过一个失去民族自由的人民
你听不见那封锁在血里的声音吗？
当春天来到时
它的每一只强壮的手臂里
埋藏着千百个啼扰的婴儿。

我从来没有真正感觉过宁静
像我从树的姿态里
所感受到的那样深
无论自哪一个思想里醒来
我的眼睛遇见它
屹立在那同一的姿态里。
在它的手臂间星斗转移
在它的注视下溪水慢慢流去，
在它的胸怀里小鸟来去
而它永远那么祈祷，沉思

仿佛生长在永恒宁静的土地上。

舞蹈

你愿意经过一个沉寂的空间
接受一个来自辽远的启示吗？
当黑暗和温柔的静默包围着你，
在那光亮的一角
好像在暮晚的天边
变异着神的亮翼，
好像秋日下午的果园
一个熟透的苹果无声的降落，
陷入转黄的软草里。

你愿意透过心的眼睛
看见神的肢体吗？
那圆润的手臂，
徐徐弯转的腰身
她的脚可以践在水上
而不被埋没，
她的眼光是不因
距离而淡弱的星光。
每一个缓和与敏捷的行动
都是沉默的一笔，
记下那不朽的言语

人们倾听着，倾听着，用他们的心
终于在一切身体之外
寻到一个完美的身体，
一切灵魂之外，
寻到一个至高的灵魂。

白苍兰

在你的幽香里闭锁着像蜂鸣的
我对于初春的记忆
那是造物的赐予，但哪里会有一种沉醉
被允许在这有朽的肉体里不朽长存？

在你的苍白里储存着更苍白的
是我的年青的颤栗，
那是造物的赐予，但哪里会有一首
歌被允许永远颤动在这终于要死于哑静的弦上？

当地上幽怨的绿草和我的糅合了
蓝天和苍鹰的遐想都没入冬天的寂寥
呵，突然，不知是你，还是神的意旨
让我宁静的心再一次为它燃烧，哭泣。

［选自《诗集一九四二——一九四七》，文化生活出版社 1949 年版］

罗寄一

*

罗寄一（1920—2003），生于天津，安徽贵池（今池州市贵池区）人。1940年考入西南联大经济系，1943年毕业。中华人民共和国成立后从事新闻工作，1984—1986年任香港新华社亚太总分社副总编辑。有多种译著问世。

音乐的抒情诗
——柴可夫斯基乐曲

水可以拯救这些窒息的粗粝，
水是忧愁的。她从冰冷的
月光下的岩石流来，她知道
地层温热的焦躁，银色的流
流向广阔的四方，让我们朗畅的
哭泣跟随午夜里她的抑扬。

白昼我们是可怕地愚昧和懦弱，
现在才勇敢，凝视着纯净的自我
在升起中战栗，他修长的肢体
伸展在绝望地温柔的梦里，喃喃地

诉说着坚决而庄严的一种抗议。
让她流过来，梳去我们的尘埃，
那变灰而归入泥土的只是一个惶惑的
命题，我要在飘去而终于沉落之前
十分清醒，流过来，让你甜蜜的
波纹溶入那美丽的“痛苦”的化身。

我存在了，在这一瞬，
银色的颗粒轻轻地填满我全部的空隙，
一点固执的惊愕，
它渐渐庞大而遮盖，
像一滴致命的药剂，
载我微笑地去一片宁静的大海。　　［1944年］

在中国的冬夜里

静默。北风强劲地扫过流血的战场，
那些不睡觉的眼睛安顿在古老大厦里，
冷笑地俯瞰那成堆的白骨
从诚实凄苦的土地的梦里破碎成灰。

城市满布着凌乱的感伤，
躲避在摇摇欲坠的阁楼里，
风吹打他们战栗，那无辜的血液
正泛滥在庞大历史中渺小而真实的课题。

饥饿死亡的交响透过冻裂的时间缓缓奏鸣，
那边的黄土、破庙、沟渠，这边空虚狠毒的
陷阱、舞台，它们在静夜里抱紧，
我们已不再能哭泣，反应这弥天的灾害。

当雪花悄悄改变城市与乡村，
这寒冷的国度已埋葬好被绞死的人性。
只有黑暗的冬夜在积聚、凝缩、起雾，
那里面危险而沉重，是我们全部的痛苦。 ［1947年］

袁可嘉

*

袁可嘉（1921—2008），浙江慈溪人。1941 年考入西南联大外语系，1946 年毕业，任教于北京大学西语系。1957 年调中国社会科学院外国文学研究所工作，任研究员，研究生院教授。出版作品有《半个世纪的脚步——袁可嘉诗文选》，学术著作有《论新诗现代化》《现代派论·英美诗论》《欧美现代派文学概论》，译著有《英国宪章派诗选》《彭斯诗钞》《驶向拜占庭》等。

沉钟

让我沉默于时空，
如古寺锈绿的洪钟，
负驮三千载沉重，
听窗外风雨匆匆；

把波澜掷给大海，
把无垠还诸苍穹，
我是沉寂的洪钟，
沉寂如蓝色凝冻；

生命脱蒂于苦痛，
苦痛任死寂煎烘，
我是锈绿的洪钟，
收容八方的野风！ ［1946年］

空

水包我用一片柔，
湿淋淋浑身浸透，
垂枝吻我风来搂，
我的船呢，旗呢，我的手？

我的手能掌握多少潮涌，
学小贝壳水磨得玲珑？
晨潮晚汐穿一犀灵空，
好收容海啸山崩？

小贝壳取形于波纹，
铸空灵为透明，
我乃自溺在无色的深沉，
夜惊于尘世自己的足音。 ［1946年］

走近你

走近你，才发现比例尺的实际距离，

旅行家的脚步从图面移回土地；
如高塔升起，你控一传统寂寞，
见了你，狭隘者始恍然身前后的幽远辽阔；

原始林的丰实，热带夜的蒸郁，
今夜我已无所舍弃，存在是一切；
火辣，坚定，如应付尊重次序的仇敌，
你进入方位比星座更确定、明晰；

划清相对位置便创造了真实，
星与星间一片无垠，透明而有力；
我像一绫山脉涌上来对抗明净空间，
降伏于蓝色，再度接受训练；

你站起如祷辞：无所接受亦无所拒绝，
一个圆润的独立整体，“我即是现实”；
凝视远方恰如凝视悲剧——
浪漫得美丽，你决心献身奇迹。 ［1947 年］

出航

航行者离开陆地而怀念陆地，
送行的视线如纤线在后追踪，
人们恐怕从来都不曾想起，
一个多奇妙的时刻：分散又集中。

年轻的闭上眼描摹远方的面孔，
远行的开始担心身边的积蓄；
老年人不安地看着钟，听听风，
普遍泛滥的是绿得像海的忧郁；

只有小孩们了解大海的欢跃，
破坏以驯顺对抗风浪的嘱咐，
船像摇篮，喜悦得令人惶惑；

大海迎接人们以不安的国度：
像被移植空中的断枝残叶，
航行者夜夜梦着绿色的泥土。

［1948 年］

李　瑛

*

李瑛，1926 年生，河北丰润（今唐山市丰润区）人。1945 年考入北京大学中文系，1949 年毕业，先后任记者、文艺刊物编辑、文艺出版社社长、中国人民解放军总政治部文化部部长、中国作家协会理事、中国文艺界联合会副主席等职。现任中国文联和中国作协荣誉委员，中国诗歌学会副会长和《诗刊》编委。出版诗集《静静的哨所》《我骄傲，我是一棵树》《春的笑容》《生命是一片叶子》等。

播谷鸟的故事

播谷——忙着唱，
忙着催人播种吧。
荒芜的土地没人收拾，
饥饿的时代将你蹂躏，
播谷噙着泪，伫立在田野，
呼唤着，呼唤着。

丛林的小径，
失却耕耘的木车；
我不愿再怀求栖之心。

播谷鸟滴落眼泪了，
仍没有人来撒下种子。

辛酸的泪，枯槁的土地，
（播谷鸟竭死在墓旁）
夏将老去——
螟虫在飞，蝗虫也在飞，
我们的枕畔，
铺一个饥荒的梦…… ［1943 年］

眼睛

爱和恨并不久长
时间和空间并不过多
全世界最美的都不能同你比
但最美的最易丢失
Eros 扑着翅膀，一边飞，一边歌唱
“到这儿来！到这儿来！”

你的眸子流出智慧的雨滴
扑灭了罪火扑灭了灾难的燃烧
无论什么都有个界限
只有你的光
Eros 扑着翅膀，一边飞，一边歌唱
“到这儿来！到这儿来！”

你的目光比阳光更灿烂
比潭水的星星，比宝石
空虚和饱满一样平凡
全世界的明暗并不永恒
Eros 扑着翅膀，一边飞，一边歌唱
“到这儿来！到这儿来！”　［1947 年］

北平

这是一座古老的城，死的城，
有一点小山、小水、小人物，
一个传说、一个谣言翻飞着，
尘土落下来，一阵风。

这单调的城富丽又褴褛，
四面重复的建筑如走马灯；
时间停留在宫殿里成一件玩物，
它向所有的白痴显示聪明。

谈起生活，人们像走进寒冬，
一个个唏嘘着，怀无数憧憬；
一阵阵痉挛又颤抖，
人命贱，物价涨，像旋风。

官员们定期走进辉煌的宫殿，

坐在沙发上，照例讲“剿匪”和“救民”；
商店的播音机，放出会场的录音，
诟骂的嘘声里，飞掷过烟碟。
在马路边，教授和律师，
挟着黑皮包匆忙走过去，
和那些吹吹打打的婚丧的仗仪，
和那些打盹的电车慢吞吞的大铃。

这古老的城眼前正在翻这个，
来这里旅行观光的远方人，
都突然为这里学生们革命的
强大的游行行列而吃惊！

［1948 年］

大海是蓝天下无尘的镜子

小河是清风里明月的忧愁

1950—1976

林　庚

*

林庚（1910—2006），字静希，祖籍福建闽侯，生于北京。1928年考入清华大学物理系学习，后转入中文系，1933年毕业后留校任助教。1937年到厦门大学任教。1947年任燕京大学中文系教授，1952年院系调整后任北京大学中文系教授。出版诗集《夜》《春野与窗》《北平情歌》《冬眠曲及其他》《林庚诗选》等。

序曲一

大海是蓝天下无尘的镜子
小河是清风里明月的忧愁
谁能够知道那空间的奥秘
孕育着万象中无尽的风流

宇宙无边

宇宙无边
不断地发表着时间公报
太阳的风暴微不足道
遥远的类星体光芒四照

在宇宙的深处
仿佛传来回响
一切正面向无限
终极在何方
真空之谜的迷惘

生命初见在何时

生命初见在何时
我乃自知
宇宙间陌生的主观意识
对象世界正在开始
我是属于原初的名字
青春应是一首诗
歌唱着宇宙无边的梦思

不经过黄昏哪来的清晨

不经过黄昏哪来的清晨
不知道悲哀哪会有启蒙
童年的欢乐梦一般飞过
呼唤着青春陌生地醒觉

[选自《空间的驰想》，北京大学出版社 2000 年版]

吴兴华

*

吴兴华（1921—1966），祖籍浙江杭州，生于天津塘沽。1937年考入燕京大学西语系，1941年毕业留校任教，1948年被聘为燕京大学西语系副教授，1952年院系调整后任北京大学西语系副教授，后历任英语教研室主任和系副主任。

咏古事二首

刘裕

一

风吹着，他眼眶逐渐充满了热泪——
眸子不转地向北望，只一道淡青，
高空里回旋的鸷鸟，萦带的重城：
昔年的壮志似乎在一瞬间崩碎。

不再散发在沙尘里把心魂交给
马蹄和矛槊，把倾复敌国看成
吐一口唾沫；而他的勇气如洪水，

曾无阻地奔流，推动每一个士兵。

是什么拖住他，使他步伐沉重，
使他在庞大的队伍里显得孤独，
身边只有习惯于服从的群众？

历史的时机过去了，个人的企图
达到顶端，成就跟随着缩小——
有生第一次他感到疲乏、衰老……

二

仿佛在梦里，他看见不绝的舟车
直指向健康，事业已濒于失败；
抱着不同的心，立在同一的所在，
他，天下唯一的希望最后的寄托——

颀长、枯瘦，像一棵多年的松树
已经把细根散缠在城墙的砖缝间；
依靠众人，他自己也因而坚固，
行将倾复的终于获得了安全。

唉，昂扬的金鼓，林立的旗帜，
这一切蕴蓄着何等巨大的潜力，
只要崇高的理想能够复活，

使冷如死灰的再一次燃烧发热——
但是他模糊的泪眼望不见中原，
遥远地隔绝在浩浩的黄河那边……

弹琵琶的妇人

他不会去注意这乐曲——对于他说来，
过去就像是虫咬的多尘的帷幕，
卷起来，丢在一边，只有把俄顷
孤立在时间的急流里，他才能深尝
生命杯中的酒液；而我却竭力
使现在担负起过去全部的重量，
使过去复活在现在——欢乐、希望、
长年的等待、远离这世界的冥想，
似乎都涌向我们指下，弦子尖声地
嘶喊着：我们承受不住了……

教师和女伴都曾夸赞我高度的
熟练："作着梦你也绝不会弹错！"
是啊！熟练，手指和拨子不可分地
结合在一起，恐吓、央求、引诱，
使得潜藏的声音吐露出来，
这需要技术，成百个不眠的夜晚；
但是我直到今天才仿佛了解
这个曲子的意义。江心的月光

使我的心灵打开了，表里莹彻。

三月，雨刚住不久，在魏王堤上，
骏马踯躅着，畏避滑腻的春泥。
他拉着我的手微笑：“我们会再见的。”
喧天的笙歌声继续着，有些宾客
聚集在柳树下劝解一个女子，
——她鬓上的花戴得太偏了——因为
横竖那玛瑙盘子不值几个钱，
砸碎了不要紧。我们那时都年轻，
生命伸展到目所不及的远方，
错误还可以弥补，失去的机会
还会再招手……我没作任何回答，
只是眼角潮湿了，望着他离去。

岁月在他前额上刻划的伤痕，
好像酒楼牌子上记下的账目，
一笔又一笔：“等哪天你才还清呢？”
“我还会再来，把这一切都涂掉，
干干净净地重新开始，”他说。
现在他凝望着远方，让音乐迷离地
进入他胸膛、四肢，准备抓住
那谁都不曾抓住的，叫它停下来……

是否他会在心灵对声音的解释

无限错综的，令人目眩的途径里
选择出那条隐秘然而是真实的呢？
音乐，生翼的仙人，把你诚恳的
颜色借给我，让我半生的痛苦，
好像最高枝上的一片小叶子，
沐浴在日光中，羞涩地展开，越过他
四围无形的墙垣，使他记起……

啊，啊，我如旧的手爪，变更的心情，
挣扎着想在平滑的乐曲表面下
显示出自己来。寒冰，坚硬的寒冰，
寒冰下缓慢地奔流着活活的暗水。
他会听出这细微的差异吗？当我的
绝望的呼声充满这广阔的空间时，
他是否听见的还只是过去听厌了的
稔熟的调子："带一点京师的味道"？

船快要开了。他们旅程的起点
恰好是我的终结。在这支曲子里
我埋葬了一切。暂短，瞬息即逝，
这是音乐的，也是我的命运。
酒和热泪洒满了他的衫袖，
但是谁知道他在为什么悲哀？
或许音乐把他从个人的圈子里
解脱出来了，在他瞥见的事物中

也有我小小的一分。如果这片刻
能在他诗句里得到永恒的纪念，
我将满意地引退到黄芦苦竹的
呼啸声中，像一颗飞星，不留下
自己的名字，短时间突破了黑暗……

沈泽宜

*

沈泽宜（1933—2014），浙江湖州人。1953年考入北京大学西语系，次年转入中文系。1958年毕业，至陕西省榆林市子洲县双湖峪中学做乡村教师。1969年还乡，做泥水小工、搬运工、筑路工等十年。1978年复出任教，担任湖州师范学院中文系教授。

歌

我要唱一支星星的歌，
这首歌幼小时就已听惯，
祖母抱我坐在屋后的夜色中，
一面轻轻地哼唱几遍。

我要唱一支山野的歌，
流泉借给我华丽的乐音。
还有风中的遍山翠竹
也伴着我悠悠地一声长吟。

我要唱一支车水歌谣，
它翱翔在港汉、河湾。

辽阔有如八月的晴空，

秀丽如同故乡的山川。 ［1952年］

病院之春

今天的阳光为什么那么灿烂，

为什么有许多快乐生长在心间？

我离开床位走到窗旁，

今天和残雪已一起消亡。

南风和煦，蓝天白云，

树下婴儿熟睡，遍地草青青

走廊上响起了轻盈的脚步声

门吱呀地响了一声

一束迎春花背后

一双给我希望的眼睛 ［1956年］

路边一株孤独的铃兰

路边一株孤独的铃兰，

寂寞地开花，寂寞地萎谢。

车碾过来了她茎枝碎裂，

羊啃过来了，她秀叶凋残。

始终高擎着淡紫色的小花

像高擎生命、青春、信念。
在蓝天下默默祈祷，
祝福她的牧童平安归来。 ［1958 年］

走呀，伙伴

1962 年秋日夕照中，我在陕北子洲中学校门南大理河边独坐，见三三两两的学子从数十里外的农家涉大理河归校，有感而发。

披着一身身金色的夕阳，
淌过一层层秋水的波浪。
走呀，伙伴！
学校就在前方。

背上的干粮固然沉重，
它是父母的嘱托，未来的希望。
走呀，伙伴！
教室已亮起灯光。

今日在家乡的土地上行走，
明日去到祖国的四面八方。
走呀，伙伴！
知识就是力量。 ［1962 年，子洲］

谢　冕

*

谢冕，1932 年生，福建福州人。1955 年考入北京大学中文系，1960 年毕业，留校任教。现为北京大学教授，博士研究生导师，曾任北京大学中国语言文学研究所所长。北京大学诗歌中心成立后，被任命为该中心副主任，并就任北京大学中国新诗研究所所长，《新诗评论》主编，研究员。

一九五六年骑着骏马飞奔而来

当兴安岭下飞舞着雪花
江南的蜡梅初吐芳香
当家家门口贴上耀眼的春联
我听见一九五六年的脚步在响

一九五六年骑着骏马飞奔而来
它把五亿的农民拜访
像春风带来花开草绿
它把合作化的喜讯传到各方

它祝福李顺达多多增产

它希望徐建春积极扫盲
它说它走过哪里
哪里就要出现合作化的农庄

新年度骑着骏马飞奔
来到冬季施工的第一汽车厂
工人们向新年度热烈欢呼
“我们的汽车就要跑在公路上”

新年度来到三门峡
黄荡的河水发出欢唱
新年度来到北大荒
遍地的麦苗在茁长

新年度越过仙霞岭
鹰厦铁路施工正紧张
铁道兵和民工紧紧握手
“要提早把铁路铺向前方”

新年度骑着骏马飞奔
来到波浪翻滚的炮阵地旁
年轻的炮手把春联贴上炮身
又把野花插满伪装网上

在北京大学的未名湖畔

我也听见一九五六年的脚步在响
虽然冰霜封冻着大地
可是我的心却燃烧得发烫

祖国的每一天都不平凡
新来的年度又是这样的充满阳光
我要不虚度每一个有意义的时日
像勤劳的工人农民那样　　［1955 年］

江　枫

*

江枫，原名吴云森，1929年生，安徽歙县人。1949年参加中国人民解放军，历任记者、编辑、研究员。1956年考入北京大学中文系，参与创办《红楼》并任副主编。1962年加入北京编译社。1980年调中国社会科学院近代史研究所。1996年被聘为清华大学外语系暨人文学院兼职教授。译著《狄金森诗选》《雪莱抒情诗全集》《美国现代诗抄》等。

战斗，正是为了爱情
——拟情书一封

战斗方殷
　　　　我的明亮的星星
退缩是罪行
我怎么能
面对着进攻的敌军
　　　　　　　　向右转
放下武器
挟起一颗自私的心
向你走近——
啊

自私的心里
容不下清洁的爱情
我怎么敢
用这样的念头玷辱你
钻石般晶莹的灵魂
设想你会张臂欢迎
一个可耻的逃兵
啊
我的明亮的星星
战斗方殷
战斗正是为了爱情
战斗的捷报
将是我凯旋的佳音
啊
战斗方殷

孙玉石

*

孙玉石，1935年生，辽宁海城人，1956年考入北京大学中文系，1964年研究生毕业，后留校任教。现任北京大学中文系教授。曾任北京大学中文系主任。著有学术研究及诗歌论著《〈野草〉研究》《中国初期象征派诗歌研究》《中国现代诗歌艺术》《中国现代诗导读（1917—1938）》《中国现代诗歌及其他》《中国现代主义诗潮史论》《现实的与哲学的——鲁迅〈野草〉重释》，散文集《生命之路》等。

露珠集（选五）

是时候了……

我爱听也爱唱美丽的歌曲
从前我却久久地吹着别人的芦笛
是时候了，现在我已经长大
我该把自己的号角含在嘴里……

你应该对我说……

你应该对我说：你还太脆弱

说我的头脑里还有许多荒凉的孤岛
说我还要跑一段很远很远的路
我只是不喜欢你安慰我："你挺好"

阳光洒落在我们身上

这儿是一片密绿的树林
树林里贮满着五月的阳光
每当疲倦，我们来到清荫下憩息
绿叶就把阳光洒落在我们身上……

深夜，我走在路上

深夜，我走在从图书馆归来的路上
看满园如雪的梨花在月光下开放
于是我感到一种从所未有的幸福
好像我也听见了"五月对着我的耳朵歌唱"

夜歌

夏夜是一只湛蓝湛蓝的酒杯
繁星有如瓣瓣梨花在酒浆中飘坠
谁想要痛饮这杯芬芳的佳酿
谁就得为土地付出汗水……　　　［1957年］

蔡根林

*

蔡根林（1936—2010），浙江东阳人，1956年考入北京大学中文系，在内蒙古二十余年，旋回浙江，任教浙江师大中文系，并从事学报编辑。

东阳江

"廿年江北，廿年江南……"
对岸柳树下歌声悠扬，
归鸦把身影投在江面。
我呆呆地站在沙滩上，
小手指含在嘴里，
望着远去远去的江水
快要触到下垂的晚霞；
我忽然想做一个风景画家，
或划一叶小船，探索江头是什么地方……

东阳江是我童年时的伙伴，
沙滩，愈到江心愈绿的江水，
对我都像母亲一样的温和大方。

我们把整天时间都在她身上度过，
我喜欢从高岸纵身跃入江心，
睁着眼像一条小鱼在水底匍行；
有时为报复顽皮的同伴，
钻出水来偷拿了他的衣裳，
在沙滩上留下一行通向树丛的脚印……
玩倦了，开始专心地拣选石块，
像秋天在地里采撷豆荚；
威严地站着，用揶揄的眼光，
瞟那狭窄的木板桥，
或是发出一声惊叫，
去吓唬胆小的姑娘……
啊，金色的日子是这么短促，
不久，江水带走了无忧的童心。
于是我喜欢忧郁地在树丛穿行，
任错杂的灌木钩破裤腿，
穿过树丛，站在江边，
瞩待着东边出现一片白帆……
我羡慕散搭在沙滩上的，
像旷野里长着的蒲公英一样的帐篷，
和那些成年在江上流浪的撑排人；
我随着在水里结识的小伙伴，
到他们家里去做客，
软软地躺在帐篷下，像喝醉了酒，
阳光在外面燃烧着沙砾，

小伙伴们在装着打雁鹅的铁子，
谈论昨夜结队而过的野狼的嗥声。
而我却想象着——
　夜晚，帐内点起小蜡烛，
　揭开帐角偷看外面的蓝天，
　有红色的狼眼睛
　和星光一道，沿水面眨闪……

午夜，撑渡人的灯火熄了，
小伙伴们偷偷解开船缆，
随着一声轻曼的口哨，
江面摇动了细碎的波纹，
星星在江心叮当地碰撞。
抑住声音，抑住心跳，当心前面……
有时船鲁莽地窜入柳树丛，
柳枝溅起的水点湿了一身，
听，附近有水鸟扑扑飞向对岸……

东阳江，你用机警大胆的乳汁
哺养了我的童年；
你启发了我去探索更宽阔的天地，
我穿着你的水珠浸湿过的
　　你的沙砾灌满过的
草鞋，未长大就踏上流浪的途程……

东阳江，如同它沿岸的乡人，
如同在山间生长的野猪，
长期地沉默沉默……
而当被撩拨得难以忍受，
它也会凶猛地爆发：
它吼叫着，撕裂轰轰倒坍的堤岸，
纵情地在野地上奔跑——
　村庄成了一座座孤岛，
　渡船从门口摇到对村的门口，
　乡人们脱去衣裳，大声喊叫，
　从浑水里打捞家具，
　有时拖上一只挣扎的小猪……
　娶亲的花轿歇在村口，
　新娘子在轿内打瞌睡……

那时节，渡口的犬吠在黑夜惊扰，
星星点点的灯笼在岸上游移，
偷鱼的船悄悄擦过水面，
逃壮丁的青年急急泅过水面，
也有无法生存的寡妇，
在这里埋葬了青春……

水退时，从上锈的铁环，
辨认出系缆的渡口；
从满挂着污泥的树干，

寻找着旧日田亩的痕迹。
搬开抛散的木桥的残骸，
乡人们把木犁插入泥中，
咬住嘴唇重新顽强地生活，
只在筋疲力竭的夜，
闻到浆腥味时才发出痛楚的叹息。
为了争夺涨水后的土地，
两岸的乡人在岸边渐渐聚集，
江面映出了竹叶枪的红缨……

东阳江，南方丘陵中的江啊，
你教我像你一样去爱人类，爱阳光和云霞，
你教我像你一样去忍受和沉默，
爆发和反抗，发出像你一样粗犷的吼声。
从家乡来的人谈起你现在的面貌时，
我多么想来看看你手臂一样的
新建的堤坝，眼睛一样明亮的孔桥；
看看成群的打鱼的童年的伙伴，
　　成堆的织网的弟媳和嫂嫂。
东阳江，你的小伙伴如今又高又大，
当我一天回来，一定使你惊奇地赞叹。
那时，我将掬起你的水，
濯洗我远归的风尘，
我的响朗的歌声将在你水波上飘荡……　　[1956年]

闻黎明

*

闻黎明，1950年生，湖北浠水人。原北京外交部街中学1966届初中毕业生。1968年赴黑龙江生产建设兵团第32团参加军垦。1974年入北京大学历史系学习。1977年毕业后至中国社会科学院近代史研究所工作，现任研究员、思想史研究室主任，研究生院教授。

珍惜今天的确应该

老人总爱在槐荫下追忆过去
小伙子更喜欢在阳台上高谈未来。
可是只有今天才最实在，
珍惜今天的确应该。

可有的人不懂得今天的意义，
总在人生的大道上前后徘徊。
虽然不是来去匆匆的候鸟，
时光却虚度得如此空白。

他们也曾想挣脱束缚精神的枷锁，
可一碰到严肃的现实就低头叹哎：

“今天已经日薄西山，
还有许多明天可以卷土重来。”

其实他们的明天好像是无底的深渊，
聪明人总是被聪明误了千载。
灿烂辉煌的共产主义事业，
到这些人手里怎能不涂地败坏。

我们的老前辈并非这样，
他们把时间当作生命看待，
用今天的上午扭转乾坤，
又用今天的下午为明天的斗争剪彩。

老一辈也时常追忆过去，
老一辈也喜欢向往将来，
可他们不是在为自己装饰门面，
而是从心底将崇高理想拥满胸怀。

任何人对自己的今天都有不同的安排，
他的今天也许就是他的未来。
我们并不希望今天就是明天的缩影，
更不能把今天当作金钱的买卖。

当然，虚度的人也有后悔的一天，
那时再跺足捶胸恨不得把时光回拽。

可是“今天”不像放出的鸽子还能飞回，
懊恨过去不如发奋将来。　［1971 年］

骆　英

*

骆英，原名黄怒波，1956年生，甘肃兰州人，自幼在宁夏长大。1973年在宁夏自治区农村插队。1980年毕业于北京大学中文系。曾任中宣部干部局处长。1995年创建北京中坤投资集团，任董事长。系中国诗歌学会会长、北京大学中国新诗研究所副所长、北京大学中国诗歌研究院副院长。著有诗集《不要再爱我》《拒绝忧郁》《落英集》《都市流浪集》《空杯与空桌》《小兔子》《第九夜》《7+2登山日记》和小说《蓝太阳》等。

夜晚的军刺

大家知道知青的日子其实极其简单
干农活挣工分与农民打成一片
长夜呢喝酒打赌议论异性的长短
青春的胆量超过梁山泊的好汉
那一夜我打赌一人半夜到黄河边坟地打转
我带上一把军刺冲入了黑暗
夜晚的黄河诡秘不安
月光像一只只切碎的鬼眼
野狐狸猎鼠忘记了吃掉另一半

踩在脚下似乎听到痛哭的呼喊
老黑猫上树抓麻雀居然倒吊在树干
坟地里萤火虫绕着人走躲躲闪闪
冷风吹醒了酒我的心开始狂乱
突然间传来一声不知名的呻吟
我两眼漆黑摔入了坟地的水滩

后来我带回了一片头骨黑发还成片
油灯下放在炕头男的变色女的疯癫

第二天我回到坟地寻找我的军刺
那可是武装基干民兵的三八大盖配件
它静静地躺在水底清晰可见
一堆白骨伴着它让我毛骨悚然
我想白骨的主人也许需要它在夜间壮胆
算了吧我向民兵营长报告军刺被老猫叼走

三十年后我又回到了那片河滩
一切变成了盐碱地白茫茫一望无际
但有一棵枯柳半明半暗
我知道那有我的青春和军刺相伴　　［2008年］

在黑暗中

在黑暗中我弹响一架钢琴

依次
我把十指伸向空中
墙壁和桌椅都响起来
我的十指一根根敲响音符
可是
黑暗中另外有人也弹着另一架钢琴
这可是一种深不可测的黑暗和声音
琴音一层层地爬上来
绿色的叶子就在黑暗中纷纷开花
看不清我想它们一定是紫色
并且都长着整齐洁白的细牙
静静地坐下来
我只是把十指留在黑暗中
我不知它们的去向
我的泪在黑暗中流淌在黑暗的地上
它们立刻像无声无息的小蛇窜行
手持着音符在黑暗中互相敲击
此刻
我慢慢地在花束中起身
我想是该向十指告别了
这里的音符让我深感冰冷
我带着我的小蛇走了
我再也听不见音乐声
不论是在黑暗之中
还是在一片光明之中

[2009年]

骑着五千年凤凰和名字叫“马”的龙——我必将失败

但诗歌本身以太阳必将胜利

1977—1989

查建英

*

查建英，1959 年生，北京人。1977 年考入北京大学中文系，1982 年毕业。此后曾先后就读于美国南卡罗来纳大学、哥伦比亚大学。2003 年获美国古根海姆写作基金。曾为《万象》《读书》《纽约客》《纽约时报》等撰稿。已出版非小说类英文著作《*China Pop*》，杂文集《说东道西》，小说集《丛林下的冰河》，文化评述《八十年代访谈录》等。

海的精灵

汪洋。汪洋
猩红的水面
漂满折断的桨。

不见了罗盘，
不见了桨。
不见了航标灯的闪光。

汪洋。汪洋
咸涩的海风

鼓满精灵的歌唱。

逐着浪尖奔走，
跌进浪谷狂啸，
呵，这粗野的、痴情的精灵！

不问彼岸，不问彼岸。
咸涩的海风
鼓满精灵的歌唱。…… ［1979 年］

熊光炯

*

熊光炯，1948年生，江西南昌人。1968年任江西生产建设兵团第一团、二十六团战士、副排长。1978年考入北京大学中文系，1982年毕业。曾任江西省文联《星火》编辑部副编审，江西省作协理事、诗歌创作委员会副主任。1992年调入广东省司法厅法制报刊社工作，历任编辑部主任、总编助理等职，编审。2003年任广东省司法厅宣传处调研员。

图书馆

静，轰轰烈烈的静。 [1979年]

未名湖

三江五湖的水珠
都能在这里找到折光
所以，叫不出她的名字 [1979年]

骆一禾

*

骆一禾（1961—1989），北京人，自幼随父母去河南农村淮河平原接受启蒙教育。1979 年考入北京大学中文系，1984 年毕业后任北京《十月》杂志编辑，主持西南小说、诗歌专栏，得过两次优秀编辑奖。1989 年 5 月 31 日去世。《骆一禾诗全编》已由上海三联书店出版。

美丽

又闻雨声
那水里的浪花盛开
你那葱青的小屋顶依旧

阳光晒暖后背
飘着春雪
一种早早的感觉
使我期待你
你是才惠的青草
初通人性

［1984 年］

为美而想

在五月里一块大岩石旁边
我想到美
河流不远，靠在一块紫色的大岩石旁边
我想到美雷电闪在离寂静不远的
地方
有一片晒烫的地衣
闪耀着翅膀
在暴力中吸上岩层
那只在深红色五月的青苔上
孜孜不倦的工蜂
是背着美的呀

在五月的一块大岩石的旁边
我感到岩石下面的目的
有一层沉思在为美而冥想 [1988 年]

黑豹

风中，我看见一副爪子
站在土中，是
黑豹。摁着飞走的泥土，是树根
是黑豹。泥土湿润
是最后一种触觉

是潜在乌木上的黑豹，是
一路平安的弦子
捆绑在暴力身上
是它的眼睛谛视着晶莹的武器
邪恶的反光
将它暴露在中心地带
无数装备的目的在于黑豹

我们无辜的平安，没有根据
是黑豹，是真空里的
煤矿，是凛冽，是背上插满寒光
是四只爪子留在地上
绕着黑豹的影子然后影子
绕着影子

天空是一座苦役场
四个方向
里，我撞入雷霆

咽下真空，吞噬着真空
是晒干的阳光，是晒透了太阳
是大地的复仇
一条张开的影子
像野兽一样动人，是黑豹

是我堆满粮食血泊的豹子内部
是我寂静的
肺腑　　［1988年］

泥土

倾听着蚱蜢在秋天里燃烧
倾听着灰尘低垂的碾盘
以及发光的太阳
我归为泥土
大地碾压着我的手指

这刺痛使我善待亲人
并在谈起我自己的时候
言语普普通通
打在白石上和颤抖的布匹上
在失败的生活下面
滚动着急流

而生活掠过泥土，变作同情
使我们彼此冷漠　　［1988年］

白虎

白虎停止了，白虎飞回去了

白虎的声音飞过北方，飞过冬日和典籍
浸入黄麻多刺的血迹
飞回去了。

这是漫长和悠久
大地上成活的人们灾难而美
绿色血液随风起伏
灯和亚洲在劫
装满了白虎的车子
印度河上呜咽着黄麻和红麻
耶路撒冷的使者终生战败

这一年的春天雨水不祥，日日甘美。
家乡的头颅远行万里
白昼分外夺目
冬天所结束的典籍盛大笔直。 ［1989 年］

五月的鲜花

亚洲的灯笼、亚洲苦难的灯笼
亚洲宝石的灯笼
原始的声音
让亚洲提着脑袋
日夜作为掌灯人，听原始声音
也听黑铁时代

听见深邃湖泊上
划船而来的收尸人和掘墓人

亚洲的灯笼、亚洲苦难的灯笼
亚洲小麦的灯笼
不死的脑袋放在胸前
歌唱青春
不死的脑袋强盗守灵

亚洲的灯笼还有什么
亚洲小麦的灯笼
在这围猎之日和守灵之日一尘不染
还有五月的鲜花
还有亚洲的诗人平伏在五月的鲜花
开遍了原野 [1989 年]

巴赫的十二圣咏

最少听见声音的人被声音感动
最少听见声音的人成了声音
头上是巴赫的十二圣咏
是头和数学
沿着黄金风管满身流血

巴赫的十二圣咏

拔下雷霆的塞子，这星座的音乐给生命倒酒
放下了呼吸，在。

在谁的肋骨里倾注了基础的声音
在晨瞰的景色里
这是谁的灵魂？在谁的
最少听见声音的耳鼓里
敲响的火在倒下来

巴赫的十二圣咏遇见了金子
谁的手斧第一安睡
空荡荡的房中只有远处的十二只耳朵
在火之后万里雷鸣

我对巴赫的十二圣咏说
从此再不过昌平。
巴赫的十二圣咏从王的手上
拿下十二支雷管

［1989年］

海　子

*

海子（1964—1989），原名查海生，安徽安庆人。1979 年考入北京大学法律系，1982 年大学期间开始诗歌创作。1983 年毕业后分配至北京中国政法大学哲学教研室工作。1989 年 3 月 26 日在山海关附近卧轨。已出版《土地》《海子、骆一禾作品集》《海子的诗》《海子诗全编》等。

亚洲铜

亚洲铜，亚洲铜
祖父死在这里，父亲死在这里我也会死在这里
你是唯一的一块埋人的地方

亚洲铜，亚洲铜
爱怀疑和爱飞翔的是鸟，淹没一切的是海水
你的主人却是青草，住在自己细小的腰上，守住野花的手掌和秘密

亚洲铜，亚洲铜
看见了吗？那两只白鸽子，它是屈原遗落在沙滩上的白鞋子
让我们——我们和河流一起穿上它吧

亚洲铜，亚洲铜

击鼓之后，我们把在黑暗中跳舞的心脏叫作月亮

这月亮主要由你构成　　　　［1984 年］

九月

目击众神死亡的草原上野花一片
远在远方的风比远方更远
我的琴声呜咽　泪水全无
我把这远方的远归还草原
一个叫马头　一个叫马尾
我的琴声呜咽　泪水全无

远方只有在死亡中凝聚野花一片
明月如镜高悬草原映照千年岁月
我的琴声呜咽　泪水全无
只身打马过草原　　　　［1986 年］

祖国，或以梦为马

我要做远方的忠诚的儿子
和物质的短暂情人
和所有以梦为马的诗人一样
我不得不和烈士和小丑走在同一道路上

万人都要将火熄灭　我一人独将此火高高举起
此火为大　开花落英于神圣的祖国
和所有以梦为马的诗人一样
我借此火得度一生的茫茫黑夜

此火为大　祖国的语言和乱石投筑的梁山城寨
以梦为上的敦煌——那七月也会寒冷的骨骼
如雪白的柴和坚硬的条条白雪　横放在众神之山
和所有以梦为马的诗人一样
我投入此火　这三者是囚禁我的灯盏　吐出光辉

万人都要从我刀口走过　去建筑祖国的语言
我甘愿一切从头开始
和所有以梦为马的诗人一样
我也愿将牢底坐穿

众神创造物中只有我最易朽　带着不可抗拒的死亡的速度
只有粮食是我珍爱　我将她紧紧抱住　抱住她在故乡生儿育女
和所有以梦为马的诗人一样
我也愿将自己埋葬在四周高高的山上　守望平静的家园

面对大河我无限惭愧
我年华虚度　空有一身疲倦
和所有以梦为马的诗人一样
岁月易逝　一滴不剩　水滴中有一匹马儿一命归天

千年后如若我再生于祖国的河岸
千年后我再次拥有中国的稻田　和周天子的雪山　天马踢踏
和所有以梦为马的诗人一样
我选择永恒的事业

我的事业　就是要成为太阳的一生
他从古至今——“日”——他无比辉煌无比光明
和所有以梦为马的诗人一样
最后我被黄昏的众神抬入不朽的太阳

太阳是我的名字
太阳是我的一生
太阳的山顶埋葬诗歌的尸体——千年王国和我
骑着五千年凤凰和名字叫“马”的龙——我必将失败
但诗歌本身以太阳必将胜利　［1987年］

日记

姐姐，今夜我在德令哈，夜色笼罩
姐姐，我今夜只有戈壁

草原尽头我两手空空
悲痛时握不住一颗泪滴
姐姐，今夜我在德令哈
这是雨水中一座荒凉的城

除了那些路过的和居住的
德令哈……今夜
这是唯一的，最后的，抒情。
这是唯一的，最后的，草原。

我把石头还给石头
让胜利的胜利
今夜青稞只属于他自己
一切都在生长

今夜我只有美丽的戈壁空空
姐姐，今夜我不关心人类，我只想你 [1988 年]

面朝大海，春暖花开

从明天起，做一个幸福的人
喂马，劈柴，周游世界
从明天起，关心粮食和蔬菜
我有一所房子，面朝大海，春暖花开

从明天起，和每一个亲人通信
告诉他们我的幸福
那幸福的闪电告诉我的
我将告诉每一个人

给每一条河每一座山取一个温暖的名字
陌生人，我也为你祝福
愿你有一个灿烂的前程
愿你有情人终成眷属
愿你在尘世获得幸福
我也愿面朝大海，春暖花开 ［1989 年］

黑夜的献诗
——献给黑夜的女儿

黑夜从大地上升起
遮住了光明的天空
丰收后荒凉的大地
黑夜从你内部升起

你从远方来，我到远方去
遥远的路程经过这里
天空一无所有
为何给我安慰

丰收之后荒凉的大地
人们取走了一年的收成
取走了粮食骑走了马
留在地里的人，埋的很深

草叉闪闪发亮，稻草堆在火上
稻谷堆在黑暗的谷仓
谷仓中太黑暗，太寂静，太丰收
也太荒凉，我在丰收中看到了阎王的眼睛

黑雨滴一样的鸟群
从黄昏飞入黑夜
黑夜一无所有
为何给我安慰

走在路上
放声歌唱
大风刮过山岗
上面是无边的天空 [1989年]

春天，十个海子

春天，十个海子全都复活
在光明的景色中
嘲笑这一个野蛮而悲伤的海子
你这么长久地沉睡究竟为了什么？

春天，十个海子低低地怒吼
围着你和我跳舞，唱歌
扯乱你的黑头发，骑上你飞奔而去，尘土飞扬

你被劈开的疼痛在大地弥漫
在春天，野蛮而悲伤的海子
就剩下这一个，最后一个
这是一个黑夜的海子，沉浸于冬天，倾心死亡
不能自拔，热爱着空虚而寒冷的乡村

那里的谷物高高堆起，遮住了窗户
他们把一半用于一家六口人的嘴，吃和胃
一半用于农业，他们自己的繁殖
大风从东刮到西，从北刮到南，无视黑夜和黎明
你所说的曙光究竟是什么意思 ［1989 年］

沈　群

*

沈群，北京人，1979 年考入北京大学中文系，1983 年毕业，曾任中央人民广播电台编辑、记者。1989 年赴美留学，1991 年获美国南伊利诺伊大学传播学硕士学位。曾任教于美国波莫纳学院，现任（美国）尼森国际股份有限公司总裁。

船

我知道，你爱船
你喜欢静静地坐在礁石上
抱着双膝
看那一叶轻舟漂向天边

我相信，我会成为船的
——踏着细浪走进你的双眼

啊，假如我真是条小船
你不会是那沉重的锚吧

你真爱这飘忽的生命

就做一片洁白的帆吧
让蓝蓝的风
化成船的动力
向红气球一样升起的太阳
遥遥召唤

相信我俩不会分离
永远
因为
船的力量在于帆
帆的生命在于船

就那样相依着
一起向前
漂过大海
再飘上蓝天

我知道你爱船
……

[选自《北大诗选 1978—1998》,中国文学出版社 1998 年版]

于慈江

*

于慈江，1962 年生，山东青岛人。1980 年考入北京大学中文系，获文学硕士，美国雷鸟国际管理学院 MBA，中国社科院财贸经济研究所经济学博士，北京师范大学文学院文学博士。曾供职于中国社科院外国文学研究所。现为新东方教育科技集团人文教育研究院院长暨人文教育首席专家。

无眠夜怀想

轮回在灯光的唇吻之下
伤口再一次伸出舌头
时间情不自禁地匍匐
在你多梦的额角倾听
光向着又一个纬度沉沦
却掩不去我眼底的故乡

我床头灯下那一点柔和
飘洒下的不只是光亮
更是你枕边温馨的夜色

所有的窗帘都是旧窗帘
遮不住你蓬松的鬓边
那似曾相识的一缕奶香

你眼中那滴最亮的水珠
一次又一次地漫过我
怀里那道不设防的河堤

你语言展开的透明姿势
是草根们喧闹的声音
也是水渗进石隙的声音

你敛息装点我梦边的墙
今夜是我们的今夜
明晨是我们的明晨
即使收割过的麦地里
也总有俯拾麦穗的人
岁月的梅花鹿踏雪无痕
结壳的心已没有年轮

［1992 年］

雨季之后

总是蓝玻璃透明的天空
雨后的云朵法则般纷乱
当远游的人思念家乡

野花却不在意开在哪里

投错胎的孩子的哭腔
是稀有金属出土的声音
从内在结构上改变女人

历史的扑满裂开缝隙
又一个百年印上万年历
古董店挤满从前的日子

年来出海的人纷纷返航
提前戴上老花眼镜
替一个古老部落算命 [1997年]

长周末之长

正午的天空一脸寂寞
长青树随便站成几行
臭鼬缓缓挪过长街
我坐在铁轨这边
距你很远
而檐下水珠
慢慢调试一架古琴

到处都是懒懒的云彩

唯有你身影摇曳
醒在我抑郁的怀中
我的手一搁在颈后
便瞧见墙上你的脚踝
落叶絮叨着风起了

大海的那边夜色无垠
你手中书页发黄
像远行人一脸风霜
你聚精会神坐拥书城
遥想百年前海盗
如何镇守一洞财宝

到处都是你我的往事
如闲书搁在膝上
满是红笔画的杠杠
弯弯曲曲通向
彼此垂垂老矣的时光

而烧烤架上灰烬卷曲
像笑容稍纵即逝
一墙斑驳的阳光下
痉挛的手抓不住酒香
许多影子挤向我
我却只护着你的肩膀

夕阳把山坡照斜了

海边离家出走的孩子

兀自跑来跑去　　［2001年］

陈陟云

*

陈陟云，1963 年生，广东电白（今茂名市电白区）人。1980 年考入北京大学法律系，毕业后一直在广东从事司法工作。2005 年开始在《花城》《诗歌月刊》《山花》《十月》《上海文学》等发表作品，入选多种诗歌选本。已出版诗集《燕园三叶集》（合著）、《在河流消逝的地方》、《陈陟云诗三十三首与两种解读》（合著）、《梦呓：难以言达之岸》、《月光下海浪的火焰》。获第九届十月文学诗歌奖。

茶马古道

“马背驮负的是生存，” 接过马缰时
我并没有忽略那牵马的手：突露的青筋
宛如古道，隐于黧黑的土地
沿坡而上，隐隐发光
“之后就是山，山山相连，如牙齿
在牙缝间，你只会听到马蹄的回响。”
或许，我该不是第一次在山中习骑
对应于某一朝代，敝人擅骑，尤精箭法
策马，张弓，瞄准：哦，在历史的射程内
一个彪悍的男人出现

死过千次之后，他会如期再死

但脸上刀劈的疤痕，却是生字最重的一撇

扯着他斜扣的帽檐

他的马匹精壮，马帮强大

杀戮之事，仅只是烟杆上轻冒的火花

他们嚼在口中的话语

酸甜苦辣褪尽

散发着女人吻别的留香

花梨和云杉漏下的光影

注入身下的泥土，如水，催生爱情和死亡的种子

长成娴熟的骑术和刀法

他们的头颅，系在马缰上

更是系在远方远远的梦中

一箭射出，我在倒下的一刹那，只看见

高高的云杉树顶上高高的白云，高高的白云上高高的蓝天

［2013年］

南橘北枳

一只橘子，它形而上的抽象

或许可以在你眼中隐现。从汉语的一个词

到深入其义，语法如流水

典故是水中的石头

现在，我需要做的是，抓住它形而下的具体

剥开，放到嘴里

感受它的甜，它的果肉丰厚，它的汁液丰沛
以及味觉、触觉的悠长
当你吃完一只橘子，光线也会变得湿润
秋色开始丰满，如高贵的身段
在红与黄之间袅娜，起舞
一只橘子，是一方水土幽深的火焰
还是比火焰更为炽热的梦想？

我们回到思辨中的橘子，它让我成为一个
种橘人，把身体的土壤
留给众多的橘子树。嗨，在这个园子里
我盘腿而坐，内心宁静
不再关心修辞的风，吹落多少叶子
也不再关心，能够替代橘子的事物还会有些什么
你可以想到的一种情形是：
一位老者，始终以旁观者的姿态
把端详每一只橘子的目光渐渐收回
然后，白发披肩，酣然睡去

但可怕的是，你还可能想到另一种情形：
一些所谓喜爱橘子的人，他们处心积虑
蓄谋已久，把我偷走
埋在淮北的山坡上，一夜之间
长出了漫山遍野的枳子
有碑为证："此果前生是橘，今生长为枳。" ［2013年］

西　川

*

西川，1963 年生，江苏徐州人。1981 年考入北京大学英语系，1985 年毕业。系美国艾奥瓦大学国际写作项目荣誉作家。曾任美国纽约大学东亚系访问教授、加拿大维多利亚大学写作系奥赖恩访问艺术家，北京中央美术学院教授、图书馆馆长，现为北京师范大学特聘教授。出版有九部诗集、诗文集，其中包括《深浅》和《够一梦》，另出版有两部随笔集、两部评著、一部诗剧。翻译有庞德、博尔赫斯、米沃什、盖瑞·施奈德等人的作品。曾获鲁迅文学奖、上海《东方早报》“文化中国十年人物大奖（2001—2011）”、腾讯书院文学奖致敬诗人奖、中坤国际诗歌奖、诗歌与人国际诗歌奖、德国魏玛全球论文竞赛十佳等。

在哈尔盖仰望星空

有一种神秘你无法驾驭
你只能充当旁观者的角色
听凭那神秘的力量
从遥远的地方发出信号
射出光来，穿透你的心
像今夜，在哈尔盖
在这个远离城市的荒凉的

地方，在这青藏高原上的
一个蚕豆般大小的火车站旁
我抬起头来眺望星空
这时河汉无声，鸟翼稀薄
青草向群星疯狂地生长
马群忘记了飞翔
风吹着空旷的夜也吹着我
风吹着未来也吹着过去
我成为某个人，某间
点着油灯的陋室
而这陋室冰凉的屋顶
被群星的亿万只脚踩成祭坛
我像一个领取圣餐的孩子
放大了胆子，但屏住呼吸

[1985年]

起风

起风以前树林一片寂静
起风以前阳光和云影
容易被忽略仿佛它们没有
存在的必要
起风以前穿过树林的人
是没有记忆的人
一个遁世者
起风以前说不准

是冬天的风刮得更凶
还是夏天的风刮得更凶

我有三年未到过那片树林
我走到那里在起风以后　　［1986 年］

民歌

陕北。黎明。从黑暗到黑暗的旷野。寒星。山峰构成的北方。黄河冲出草原所运来的浮冰。落差。忽悠一下的心。我起早赶路。小镇边缘坚硬的面孔。厄运。贴地飞行的第一只乌鸦。厄运。追踪猎物的跛腿狗。待发的长途汽车。睡眼惺忪的司机。一个小贩。两个农民。一个地方政府办事员。两个孩子和三个母亲。少许的炉火。咒骂和寒冷。岁月的语言。被征服的铁。异乡人随遇而安的感受。异乡人见机行事的愚蠢。门外的冬季。无人认领的羊皮。披着羊皮的狼。门外的风。一阵嘈杂的脚步。风中破碎的歌声。从绥德到吕梁。一个普通的日子。140 华里的山区公路。第一道晨光。感动。我听到民歌。[1]

我怀疑一切民歌都浸透了凌晨的寒冷；
在鸡啼声里，我怀疑一切民歌都道出了
大地深层的寂寞。
破败的庙宇一团漆黑。

1　本段文字以前从未发表过。这次整理旧作，发现它原本被置于本诗前面，是当时写下的一段笔记，与后面的诗行连在一起。现恢复本诗原貌。——西川，2012 年 4 月

绵羊梦见了早餐和交配。
而生长于大地的民歌
是星光下拒绝收割的田野。

一个嘶哑的嗓子在歌唱，以风声为间歇，
恰好被我听到，
我怀疑那是田野或山梁的嗓子；

我甚至怀疑自己是否真地听到了民歌，
因为在这样一个寒冷的凌晨，
没有人的面孔、胸腔和嘴；

因为当旭日东升，
什么歌声都不再飘扬，
只有一只铁犁，像一只高大的乌鸦，
兀立在田野。 ［1987年］

把羊群赶下大海[1]

请把羊群赶下大海，牧羊人，
请把世界留给石头——
黑夜的石头，在天空它们便是
璀璨的群星，你不会看见。

1 曾见有人说羊是怕水的动物，不可能走到海边。但本诗所写情景为作者亲见，地点在山海关造船厂附近，时在1984年夏季。——西川，2012年4月

请把羊群赶下大海，牧羊人，
让大海从最底层掀起波澜。
海滨低地似乌云一般旷远，
剩下孤单的我们，在另一个世界面前。

凌厉的海风。你脸上的盐。
伟大的太阳在沉船的深渊。
灯塔走向大海，水上起了火焰
海岬以西河流的声音低缓。

告别昨天的一场大雨，
承受黑夜的压力、恐怖的摧残。
沉寂的树木接住波涛，
海岬以东汇合着我们两人的夏天

因为我站在道路的尽头发现
你是唯一可以走近的人；
我为你的羊群祝福：把它们赶下大海
我们相识在这一带荒凉的海岸。　　[1987 年]

夜鸟

残夜将尽的时候
是些什么颜色的鸟
掠过城市的上空

它们的叫声响成一片
它们离梦想近一些
它们属于幸福的族类

是些什么颜色的鸟
带着它们的秘密
和遗忘飞离

夏天树叶的声响
秋天溪水的声响
比不上夜鸟的叫声

我却看不到它们的
身体，也许它们
只是一些幸福的声音 ［1987年］

明媚的时刻

无比珍贵的是那明媚的时刻
在冬天的郁闷中回到我的心窝

在一座北方的城市
我被生活打垮
明媚的是一支香烟和一首抒情的歌

明媚的是少年那清纯的嗓子和他的吉他
明媚的是门前的一朵云窗前的一朵花
明媚的是街上滚滚而过的日光的洪流
明媚的是一个青年女子昂扬的头发
明媚的是你欢愉的飞翔
是你停落在黄昏
叫着我的名字
我听到这呼唤这呼唤令我向往
而我却远远地避立在梧桐树下望着你
在人群之中浮现又像影子一般消亡

是那春末的黄昏多么明媚
你和我擦肩而过多么明媚
你给我带来那即将降临的阵雨的感觉
我把这感觉带入十二月的黑夜 [1987年]

挽歌

1

死亡封住了我们的嘴

紧接着这一刻的是钟声漫过夏季的树木
是蓝天里鸟儿拍翅的声响
以及鸟儿在云层里的微弱的心跳

风已离开这座城市，犹如起锚的船
离开有河流奔涌的绿莹莹的大陆
你，一个打开草莓罐头的女孩
离开窗口；从此你用影子走路
用梦说话，用水中的姓名与我们做伴

死亡封住了我们的嘴

紧接着这一刻的是落日在河流上
婴儿在膝盖上，灰色的塔在城市的背脊上
我走进面目全非的街道
一天或一星期之后我还将走过这里
远离硝石的火焰和鹅卵石的清凉
我将想起一只杳无音信的鸽子
做一个放生的姿势，而其实我所希望的
是它悄悄回到我的心里

死亡封住了我们的嘴

在炎热的夏季蝉所唱的歌不是歌
在炎热的夏季老人所讲的故事概不真实
在炎热的夏季山峰不是山峰，没有雾
在炎热的夏季村庄不是村庄，没有人
在炎热的夏季石头不是石头，而是金属
在炎热的夏季黑夜不是黑夜，没有其他人睡去

我所写下的诗也不是诗
我所想起的人也不是有血有肉的人

2

我永远不会知道是出于偶然还是愿望
你自高楼坠落到我们中间
这是一只流血的鹰雏坠落到七月闷热的花圃里
多少人睁大了眼睛听到这一噩耗
因为你的血溅洒在大街上
再不能和泥土分开
因为这不是故事里的死而是
真实的死；无所谓美也无所谓丑
你永远离开了我们
永远留下了一个位置
因为这是真实的死，我们无语而立
语言只是为活人而存在
一条思想之路在七月的海水里消逝

你的血溅洒在大街上
隐藏在欢乐与痛苦背后的茫然出现
门打开了，它来到我们面前，如此寂静
现在玫瑰到了怒放的时节
你那抚摸过命运的小手无力地放在身边
你的青春面孔模糊一片

是你少女的胸脯开始生长蒿草
而你的腿开始接触到大地的内部
在你双眼失神的天幕上，我看见
一个巨大的问号一把镰刀收割生命
现在你要把我们拉入你
麻木的脑海，没有月光的深渊
使我不得不要求把你的眼睛合上
然后我也把我自己的眼睛
深深地关闭，和你告别

3

把她带走吧
把花朵戴在她的头上
把她焚化在炉火里吧
那裂开的骨头不再是她

她不再飞起
回忆她短暂的爱
她不再飞起
回忆伤害过她的人

回忆我们晴朗的城市
她多云的向往
岩石里的花不是她

沉默中见到的苹果树的花

她不再飞起
我无法测度她的夏季
我不再需要真理
她已成为她自己的守护神

啊，她的水和种子
是我所不能祈祷的
水和种子
我不能为她祈祷

她睫毛上的雨水
迎接过什么样的老鼠
和北方的星辰
什么样的镀金的智慧

啊，她不再飞起
制伏她的泪
她的呼吸不再有
令人激动的韵律

4

我永远不会知道是出于偶然还是愿望

一个和你一样大的女孩子站立在我身旁
一个和你一样高的女孩子站立在我身旁
一个和你同名同姓的女孩子站立在我身旁
一个和你一样俏丽的女孩子站立在我身旁
远处市场上一派繁忙

当我带住生命的丝缰向你询问
生命的意义，你的沉默便是你的死
你已不能用嘴来回答我
而是用这整个悲哀的傍晚
一大群女孩子站立在我的身旁
你死了，她们活着，战栗着，渴望生活
她们把你的血液接纳进自己的身体

多年以后心怀恐惧的母亲们回忆着
这一天（那是你在世上的未来）：
尸体被轻轻地盖上白布：夏季的雪
一具没有未来的尸体享受到刹那的宁静
于是不存在了，含苞欲放的月亮
不存在了，你紫色衫裙上的温热

我将用毕生的光阴走向你，不是吗？
多年以后风冲进这条大街
像一队士兵冲来，唱着转战南北的歌
那时我看见我的手，带着

凌乱的刀伤展开在苹果树上
我将修改我这支离破碎的挽歌
让它为你恢复黎明的风貌 ［1987年］

阿　吾

*

阿吾，原名戴钢，1965年生，重庆人。1981年考入北京大学地理系（现城市与环境学院），1982年开始尝试现代诗写作，1986年在《诗刊》首届“大学生诗座”头条发表处女作，同年出席“第六届青春诗会”，1987年提出“不变形诗”主张并形成独特诗风，已出版诗集《足以安慰曾经的沧桑》《相声专场》《一个人的编年史》，被称为当代汉语先锋诗歌源头级别的诗人、《诗探索》2011年年度诗人、长安诗歌节第七届现代诗成就大奖获得者。

相声专场

经一个女人介绍
出来两个男人

一个个儿高
一个个儿矮

个儿矮的白又胖
个儿高的黑且瘦

第一句话是瘦子说的
第二句话是胖子说的

胖子话少
瘦子话多

瘦子奚落胖子
观众哄堂大笑

胖子用嘴鼻伴奏
瘦子边唱歌边跳舞

瘦子舞成了武打
伴奏跑调到霍元甲

响起不同频率的声音
两个人弯腰成一般高

胖子斜视瘦子一眼
瘦子带胖子向左侧退下

出来一个老头
观众用右手打左手

经一个女人介绍

老头叫牛倒立

老头先讲一句
老头再问一句

前一句声音粗
后一句声音细

老头介绍餐馆的名字
观众悄悄咽口水

名字讲到第三十六个
响起不同频率的声音

经一个女人介绍
出来一群男人

一、二、三、四、
五，一共五个人

五个人外形很不一样
就穿的服装相同

其中四个人闹意见
一个人竭力调解

调解一定时间
出现一次响声

这样已有七次
每次稍有差别

四个人终于团结
要调解的人赔礼

此时响起同种频率的声音
是右手打左手的声音

［1987 年］

我们一家都生在河边
——为吾儿摩西百日而作

孩子，这个傍晚
爸爸不能不想起你
一百天前
你出生在怀卡托河边
每当我想到这里
双眼像河流一样潮湿
你长大后会知道
我们一家都生在河边
爸爸的那条河叫长江
妈妈的那条河叫黄河

哥哥的那条河叫珠江
你的那条河就叫怀卡托
求神带领你
就像带领摩西
求神带领我们一家
就像带领每一条河流
孩子，有一天你会明白
我们一家为什么都生在河边 ［2001年］

最近我常常听见远方的声音

最近我常常听见
远方的声音
很轻
但能唤醒我的肉体和心灵
向两只耳朵靠拢
我斜靠在破旧的沙发上
微闭双眼
想象声音的行程
它源起于海面之巅
流走的云朵
横跨岸边的悬崖
翻越大小山岭
拂过宽阔的田畴
溪涧、河流、湖泊

到达四川盆地

从朝天门进入重庆

沿高层建筑的轮廓

分散于大街小巷

最后剩下微弱的气息

被我吸收

死在我的幻觉里 ［2009年］

伍旭升

*

伍旭升，笔名斯人，1981年考入北京大学地理系。20世纪80年代中期与阿吾创立“不变形”诗派，产生广泛影响。现供职于中国出版传媒商报社。著有诗集《我在街上走》，短篇小说集《丁克俱乐部》，长篇小说《天追》。《玩具的意义》获《十月》短篇小说奖并被改编入电影《爱情麻辣烫》。

我在街上走

我在街上走
其他人也在街上走
起初我走得慢
走快的超过了我
走不快的没超过我
后来我想走快点
走快了就超过了
一些刚才超过我的人
还有一些没超过
停在前面看我
向我挥单臂

我不理他们
我照样走得很快
走过他们身边
他们挥起了双臂
一起叫一个名字
我就一起把他们超越了
我一个人在街上走
没有看到其他人在街上走 [1987 年]

一窗子的光明

明亮在我的左手
当我侧身向左时
明亮的世界充满了整整一扇窗子
它的体量容积无法丈量
它的温度与热情也无法言说
可是，可是那些荡着秋千的孩子
在光明的笼罩下
开心地嬉笑
我一下才明白
在我的左手
有一窗子大小的春天
那里有树木有花草有沙土
都在不顾一切地拔节
等待五颜六色的复苏

等待春雨的滋润
等待又一年既定的轮回
可是，我的左手连带我的右手
还有我整个的人生
都处在阴影之中
与窗台不过 1.5 米的距离
它身心独处的空间
号称 150 平方米
比整扇窗子要大 100 多倍
我却开心不起来
我不属于那一窗子的世界
我不能拔节
也不能没日没夜站在苍穹下
承受日月两种不同的光辉
我注定只能生活在阴影里
从黑暗中窥探光明
看清一切明亮的事物
都不是自己原本的明亮
我注定只能近在咫尺
承受着一窗子的光明
一股脑儿地塞满我的五官
封住我所有的出口
不让我说出
光明的真相

［2012 年］

陶　宁

*

陶宁，1981 年考入北京大学英语系，现居美国。

她的黑马群

她总学不会梳辫子
索性就这样披散着它们
她的长发她的思绪
她惧怕过一双又白又细的手
像结构复杂的绳子
为她捆出两条规规矩矩的辫子
像个乡村女教师，一切都清清楚楚

她开始珍惜一双眼睛
只有它们注视她散开的长发
像柔软的草场抚摩热烈的黑马群

只要那草场总是这样夏日般青葱
她就永远这样放牧它们
永远不去在乎世上所有的女孩都会编辫子

醒

像浪一样滚过了又涌起的
是醒来的野牛群

春天在他们脚下隐隐作痛
然而春天是快活的

第一把青草避开了蛮野的探询
复归为最初的最好的泥土
泥土在干燥的蹄下湿润
发出诞生前就已忘却的
震动

［选自《北大诗选 1978—1998》，中国文学出版社 1998 年版］

骆　驼

*

骆驼，原名罗亚旗，1981 年考入北京大学法律系。

歌词（II）

从机器里流出的是水　水中
　是渣滓
然后就是空白
叛逆一直没有完成延续的选择
脚下失去的热量带着狂欢后的
麻木不仁污染了一条大街
和清晨静止的衰败与严寒

我想碰到扶栏的冰凉沿着
　竖直的站牌回到某一年

金星依然闪烁光芒，冷漠的记忆
优美的姿态从空旷的月面上反射出
被嘲弄的和被出卖的悲哀

我走了漫长的一段路程
见到了人和动物的大部分生活

我从深夜中回到了黎明
一切过去已经停歇不前

［1993 年］

阿　海

*

阿海，1981 年考入北京大学历史系。现居瑞典。

流年

1

这种年头，像一架葡萄藤
触须牵着云的手指
整个天空都非常美丽
没有红嘴的鸟儿飞过
这是流年，这一年和下一年一样
都是洒满光阴的酒杯
都有食客在品尝阳光
流年似水、似雾、似狐狸
轻轻地走过世界的窗下
轻轻地告诉我们一些事实
又轻轻地走开

2

这种年头，凶兆和吉兆一样

都摆在书桌上空闲的角落

远方寄来的问候无人启开封口

动物的血冰冷，蛇平静地躺在手中

这种年头，寒冷是冬天的幸福

喜悦或者痛苦是感情的幸福

一年过得和一天相同

这一天又和另一天相同

这是流年，风中开放的玫瑰

也在雨中开放

3

过去就是现在就是将来

现在发射的子弹一定击中将来

愿望就如流年，从来如此

从来都绷紧在弦上

渴望有银子做的座椅

渴望月光照亮一处丛林

七只鹤像星星，指向北方

那里有冰雪晶莹的小屋

有悬念大如磐石

吸引光线和过往的时间

使水永恒，使流年永恒 ［1986年］

缪　哲

*

缪哲，1965年生，河北深泽人。1982年考入北京大学中文系。现任浙江大学教授，研究领域为中国早期艺术史。主要译著有《钓客清话》《美洲三书》《塞尔彭自然史》《瓮葬》，著作有《重访楼阁》《从灵光殿到武梁祠》等。

过燕南园

比起高楼我要老
可比起园子我年轻
小园夹在楼群里
园子老园子；居民老先生。

我从南面的高楼来
我到北边的高楼去
每天三次绕小园
日出。正午。夕阳红。

又是黄昏。我来到小园的墙头外
临道的窗户洞开

窗前的先生向着我微笑
停下脚。回报微笑于老先生。

我真想这么站下去
互相微笑着百事不想
可只怕先生到了休息的时刻
高楼里我又有那么多课要上。

［选自《北大诗选 1978—1998》，中国文学出版社 1998 年版］

臧　棣

*

臧棣，1964 年生，北京人。1983 年考入北京大学中文系。1997 年获北京大学文学博士学位。现任教于北京大学中文系，北京大学中国诗歌研究院研究员。代表性诗集有《燕园纪事》《宇宙是扁的》《空城计》《未名湖》《慧根丛书》《小挽歌丛书》《骑手和豆浆》《必要的天使》《就地神游》《最简单的人类动作入门》等。曾获《南方文坛》杂志“2005 年度批评家奖”、“中国当代十大杰出青年诗人”、“1979—2005 中国十大先锋诗人”、“中国十大新锐诗歌批评家”(2007)、《星星》2015 年度诗歌奖、扬子江诗学奖。2015 年 5 月出席德国柏林诗歌节。2015 年 11 月出席墨西哥国际诗歌节。2016 年出席德国不莱梅诗歌节。2017 年 5 月出席荷兰鹿特丹国际诗歌节。2017 年 10 月出席美国普林斯顿诗歌节。

房屋与梅树

毕竟存在过那样的时刻
房间里的女人还很年轻
她站立不动在四月的窗前
瘦削的双肩栖落两只白鸽
其实很可能并没有白鸽

而是她那花枝般的姿态
让我们感到露水滋润的安宁
血液凝结就像暗红的腊肠

那些梅花繁星般饱满
把春天最初的盛开移近她的面庞
甚至通过她鲜明的凝神注目
构成那房间里最深湛的秘密 ［1984 年］

詹姆斯·鲍德温[1]死了

雪下得太少。这孤独的
征兆已持续多年，默默的
像一种神秘的仇恨

所以一旦大雪突降
死就要被祭奠
还必须是与它相克的肉体

必须构成过一种伟大的
阻碍。死最渴望的
是它曾不得不忍受过的肉体
詹姆斯·鲍德温的肉体

---

1 詹姆斯·鲍德温（James Baldwin，1924—1987），美国小说家。

在雪光的映衬下，是合格的
他看上去比死还要气派些

一个丰盛的牺牲品
他在雪中变得乌黑，而后
雪在他的精神中变得乌黑　　［1987 年］

这个时辰里的灯是如何点亮的

雷雨从不是奇迹
但闪闪发亮的树叶
却又使它不像其他一般的事物

至少有三种不同的鸟
用急促的啼叫证实这想法
雷雨不应是奇迹

它只是让你仓促地看到
树叶被水淋湿时是什么样子
被灰尘覆盖时又是什么样子

这奇妙的闪亮，来自雨后的树叶
将组成什么？一个夏季女人在跳舞
雪白的大腿挂着汗珠，闪着同样的光亮
鸟是树的另一种叶子

但它始终没有闪闪发亮，只是它的啼叫
点燃了你身体里的一盏灯 [1987年]

纪念维特根斯坦

人死后，鸟继续飞着。
我看着这幕情景。
情景消失后，鸟仍然飞着。
我将关心这样的事情。

维特根斯坦是一只鸟。
以前他不是，但现在是。
以前，人死后，有很多选择，
但很少有人倾向于变成一只鸟。

当然，我也可以这样交代——
以前，我是一只鸟，但现在
我是一个看鸟飞过头顶的人。
飞翔多么纯粹，像冰的自由落体。

我继续这样看下去，
正如维特根斯坦继续巧妙于
一只鸟的名字。空间多么美妙，
就仿佛空间也死过一回。 [1994年]

爱情植物

不像。不像。但露水的拇指
的确正向下按着
我绿色的胸脯。我的背部
是几只蝴蝶的菜园。

鸟鸣传来，那清脆的发条
把更多的青草唤醒，
并磨成我们只能认出
却不知道如何使用的针。

枝杈间，黝黑的巢
像一个已经消失了的理想国
留下的皇冠。生机啊，
你注定没有别的替身。

石头的啤酒肚上
黑蚂蚁的松紧带正提着
阴影的衬裙。我也学会了
如何把我的手绢递给风。

阳光的小刻刀
继续着月光没有完成的工作，
在我舒展的身上纹着

稍稍带点色情的图案。

而晚些时辰，两只蜻蜓
将它们的项链放在
我的小行军床上。它们在飞行中
做我们想做而无法做到的事情。

夏天最小的屏风
究竟在哪里呢？我听见
两个在美术馆里约会的人这样问。
我不认为他们是见过我后才这样说的。

我仰面躺着，像一个被拧下的瓶盖，
而瓶子里的药片已被吃光。
我也可以更简单：自始至终
我是你身上的叶子。 ［1999 年］

纪念柳原白莲[1]丛书

身边已足够辽阔。
15 岁第一次结婚。比青春还左。
26 岁又嫁给煤炭大王。比金钱更右。
但是，左和右都把你想错了。

1　柳原白莲（1885—1967），日本女诗人。

37 岁春风把你吹到牛奶的舞蹈中，
做母亲意味着家里有一口大钟，
挂得比镜子的鼻尖还高。
历史是入口。闪烁的星星知道你的秘密，
就仿佛你给它们寄过紫罗兰和蜂蜜。
嘿，我在这里。你的喊声
回荡在爱与死之间。而死亡是
一种奇怪的回声，它带来的每样东西都很新鲜。
比如，悲哀是新鲜的，它不会
因日子陈旧而褪色。能判断你的人
似乎不是我们这些好色的圣徒。
据说鲁迅也没见过比你更美的女人。
而我感到的压力是，不变成一个女人
我就没法理解你的高贵。
但是崇拜你，就意味着减损你，
甚至是侮辱你。你提醒我们
你曾向秋天的风中扔去一块石头。
那意味着什么？你帮助语言在身体那里
找到一个窍门。对盛开的梅花说
只有细雨才能听得懂的话。而最重要的话，
如你表明的那样，只有讲出来
才会成为最深邃的秘密。
你赢得信任的方式令我着迷，就仿佛
信任不是一种选择，而是一次机遇。
最大的信任常常出现在早晨。

比如，柿子像早晨的眼睛，
脱离了夜晚带给它们的
低级趣味。柿子挂在明亮的枝头。
你发明了看待它们的目光，
从太阳的背后，从时间的反面。
猫头鹰已经飞走，乌鸦的黑拳头
摆平了时代的赌局。成熟的柿子，
肺腑间的珍珠的格言。你的和歌
并未让今天的风格感到遗憾。
因为你再次证明了，诗是这样的事情：
我们必须干得足够骄傲。 ［2011 年］

纪念王尔德丛书

每个诗人的灵魂中都有一种特殊的曙光
——德里克·沃尔科特

曙光作为一种惩罚。但是，
他认出宿命好过诱惑是例外。
他提到曙光的次数比尼采少，
但曙光的影子里却浩淼着他的忠诚。
他的路，通向我们只能在月光下
找到我们自己。沿途，人性的荆棘表明
道德毫无经验可言。快乐的王子
像燕子偏离了原型。飞去的，还会再飞来，

这是悲剧的起点。飞来的，又会飞走，
这是喜剧的起点。我们难以原谅他的唯一原因是，
他不会弄错我们的弱点。粗俗的伦敦
唯美地审判了他。同性恋只是一个幌子。
自深渊，他幽默地注意到
我们的问题，没点疯狂是无法解决的。
每个人生下来都是一个王。他重复兰波就好像
兰波从未说过每个人都是艺术家。
伦敦的监狱是他的浪漫的祭坛，
因为他给人生下的定义是
生活是一种艺术。直到死神
去法国的床头拜访他，他也没弄清
他说的这句话：艺术是世界上唯一严肃的事
究竟错在了哪里。自私的巨人。
他的野心是他想改变我们的感觉，就像他宣称——
我不想改变英国的任何东西，除了天气。
绝唱就是不和自我讲条件，因为诗歌拯救一切。
他知道为什么一个人有时候只喜欢和墙说话。
比如，迷人的人，其实没别的意思，
那不过意味着我们大胆地设想过一个秘密。
爱是盲目的，但新鲜的是，
爱也是世界上最好的避难所。
好人发明神话，邪恶的人制作颂歌。
比如，猫只有过去，而老鼠只有未来。
你的灵魂里有一件东西永远不会离开你。

宽恕的弦外之音是：请不要向那个钢琴师开枪。
见鬼。你没看见吗？他已经尽力了。
他天才得太容易了。玫瑰的愤怒。
受夜莺的冲动启发，他甚至想帮世界
也染上一点天才。真实的世界
仅仅是一群个体。他断言，这对情感有好处。
因为永恒比想象得要脆弱，
他想再一次发明我们的轮回。 ［2011年］

麦 芒

*

麦芒，原名黄亦兵，1967年生，湖南常德人，继承了母亲湘西土家族的血液。1983年考入北京大学中文系，先后获得中国文学学士、硕士和博士学位。1993年移居美国，2001年获得美国加州大学洛杉矶分校比较文学博士学位。自2000年起至今任教于美国康涅狄格大学，研究并讲授中国现当代文学和比较文学。移居海外之后，继续用中文和英文双语创作、翻译和朗诵，著有中文诗集《接近盲目》，中英文双语诗集《石龟》，以及英文学术专著《*Contemporary Chinese Literature: From the Cultural Revolution to the Future*》。2012年获第20届柔刚诗歌奖主奖。

迷惘

山岗上旗帜飘落眩晕
发疯，落日冶炼着薄弱的言语
春天干渴的动物从洞穴迟来
尘沙蔽障充血的眼睛
寒冷像一座座火炉烘烤我们的心
你双拳紧握，但手中没有武器
苍白哟，驱使树木发抖

远处高塔像某个男人受伤的身体
静寂里摇摇欲摧
空气从大地剥离出耀眼的电花
我们宛如置身危机的中心 ［1987 年］

写于病中

雨点若有若无使毛发闪光
春天并不比白昼更加漫长
宽阔的马路干净地延伸黑暗
穴居已久的人们匆匆走过
揣在衣兜的双手在发烧
而嘴唇像水蛭般病态地
吸着树木伤口的辛香
目光摸索到想象力之外的旧土
昏暗陌生的灯下，剧本里高傲地
拒绝决斗的我不出声地趴到
为我出生准备的窄小的床上 ［1987 年］

云

温驯的天空中徜徉的羊群啊
你们更像一伙被预感放逐异域的
贵族，拥有阳光明亮的马车
小憩在弥漫着硫磺味的温泉池旁

肉体化脓的伤口裸露，而
另一个世界沉湎在构想里，我羡慕的
那些古代侍女正专心对着镜子
一生也不改变姿态，神情如同肃穆的
殿宇，蕴藏着过去数不清的珍宝
灾难的回声很远，但仍断续传来
你们的灵魂平静，好像一口没有
深度的井，白昼的风暴就停在那里
倾斜，一切都是大地上升的尘土 ［1987 年］

自画像

刚毅一如既往
机警救起我的性命
狂妄置我于更高的塔巅
脆弱击中水晶的心

没有真实的镜子
却总是揣测万千变化
一个二十世纪的亡命徒
遁迹于古老的爱情里

眉毛、眼睛、鼻子和嘴
和谐与不和谐的线条
随意勾勒着，黑夜不冷

远远地显出大地将醒

我挪动身下的石头
作为给海洋永久的祭奠
一线曙光染亮右手的中指
那是崩溃的信念——诗歌

［1988年］

今夜的火花今夜就会熄灭

……
告诫我的不是一个人，而是
两个人、三个人……
先微笑，然后是沉默和迷惘

在数着星星的过程中
也许会忘记了自己眉毛底下
两颗最有人性的眸子
它们离我一样遥不可即

而我多么疲惫，多么恍惚
就像白昼一个未结疤的
伤口，有着腐败的肉和新鲜
的血，无人用嘴吮吸

手指，手指在跳动，仿佛

弹着一根并不存在的琴弦
我的诗啊，请埋进浓重的黑暗
不要为谁而唱，也不要为我

你只需叹息，像一场梦
你只需存在，哪怕被毁灭
这一切已经足够幸福了
就不要再追求什么不朽 [1990年]

清　平

＊

清平，原名王清平，1962年生，江苏苏州人。1983年考入北京大学中文系。1987年毕业后到人民文学出版社工作至今。出版诗集《一类人》《我写我不写》。

春天的书房

如今时过境迁，爱情的歌谣已难以听见
在毕生的畏地，一片绿色之后
巨大的春天扶摇而来

窗外的树长得高大、结实，如我前世的爱人
时光流逝，她盛年的力量不可抗拒
她有必死的勇气，也敢于杀人

我要等多久才能像爱人那样
相隔一步之遥，目睹心爱的世界
抚摸手边的一切，让他们惊觉而惘然

经过春天，我要打败所有的书

我要干我熟悉的营生，让红色和绿色同归于尽
让他们邪恶，面对前世的深情问心无愧 [1990 年]

偶然的花衣裳

在通往消失的路上，寂静的走廊
一个从不低头的人，他穿着花衣裳
他突然看见了它。

灯光幽暗，足音空响，不可能有别的事
被想到。不可能有别的言辞——
“一个人，一阵风，都将消失。”

可是，花衣裳，一件存在了很久的事物
就像一只亡命的兔子，它飞驰而过
其实仍在自己的家中，睡眼惺忪
懈怠，不抵抗，对死亡一无所知。

偶然的花衣裳，它也可能是玫瑰中最坏的一枝
徒有玫瑰的形象。爱花的人看见它，就像
房屋看见道路，亡灵看见爱情
但它出现了：先于这些事物的真实。 [1991 年]

理想的虚假

我记不住那些人的姓名，他们的生命过于漫长。
命运之叶落下一片两片，令我想起
在雅典，一幕诗剧因为一个人的死亡而推迟。
在无限的秋天中，这个事件曾被遗忘
又注定被隐约提起。
它是少数人梦境中异样的热情的源头。
我猜想当时的情景——失望的观众和大白于天下的
一名配角演员的死因，都在有限的场地上。
有一些流言蜚语，但还不足以写入诗剧。
后来那些刻板的故事和谦恭的思想也不会将它们留意。
它们在世俗的尊严中消失了，而且不必感谢时代。
这个在历史和艺术中都找不到痕迹的偶然事件
只在少数未来的梦境中出现：像一个幽灵，但完全不是。
这才让人感到惊奇。
而在东方，一位诗人写道：相去数百年，风期宛如昨。
他让一首赞颂朋友的诗篇变得富于遗忘。
我能感到他对于相似之物的彻底迷恋
和一种远离梦境的理想的虚假。 [1991 年]

鱼

岸上，三三两两的人连成了一线。
低翔的鸟落下来，又更低地飞。

在湿地上，一种相反的力量吐着泡
在柳树下集合、生长，决定着理想。
烂泥溅起来，一块毛巾已脏，
那么脏，不像我暮年的呕吐物，
那么多，不似我的往昔。

阳光收了回去，林中视野开阔。
一个大湖紧靠在挡住视线的
障碍物上。啊，那波光，不敢靠近。
慢慢地，人迹中有了兽蹄印，
秩序中有了讨孩子欢心的混乱。
一棵柳树终于退出了湖区，那些
藏不住的，小昆虫，纷纷告别了这个盛夏。 [2000年]

今日新闻

三三两两的朋友，仍虚胖着各自的友情。
电流一样灰暗的事件，速度增加了一点点。
有人不是有几个人，但我看见的只是他们：
鼓掌、写诗、晒照片，说几句狠话或卖个乖。

天空仍远远被低估，却已经有鸟不在那儿飞。
地上鼠妇酝酿着进化，仿佛谣言的墙角埋着箴言。
然而我的后花园还是那么美：秋海棠落一地，
斑鸠只躲我三五米，忽然掠起照亮了霾雾。

小区西门外，共享单车画出蛮横的草图，

给时间尽头的他乡和地球，预备下旅行的混搭指南：

生活多么不情愿生产，就像新闻多么不在乎新旧，

蓝不忿着黄的放肆，就像黄觊觎着蓝的幸福的空洞。　［2017年］

徐　永

*

徐永，原名徐永恒，1965年生，四川万源人。1983年考入北京大学中文系。1987年与清平、臧棣、麦芒合出四人集《大雨》，2009年与向以鲜、凸凹合出三人集《诗·三人行》。其他诗作散见《北大诗选1978—1998》《1998中国最佳诗歌》《再见·20世纪——当代中国大陆学院诗选》《90年代实力诗人诗选》等选集及部分诗刊。1987年大学毕业后长期担任新闻记者和媒体管理工作，历任《四川日报》记者、《中国青年报》记者、《成都日报》编委、《重庆青年报》社长、《课堂内外》总编。2014年以后担任重庆艺术工程职业学院副院长。

矮种马

在南方，在太阳和月亮照亮的地方
它们走来了，走过去了
步履一派凄凉

群峰连绵不尽
它们的路程更加遥远
重担在身，一年十二个月
行走在山腰和谷地

大雨骤起洗净躯体，干渴时就汲取
那河里的水

我在歇息的营地抚摸它们
它们咀嚼着青草，一声不吭
像一群早熟的流浪儿，一声不吭 ［1986年］

鹰

向你致敬，天空中
最勇敢的游击队长

变幻的阴影，遨游苍穹的黑帆
狂风中更具有狂风的形象

当你俯冲，像天外投来的陨石
足以给沉睡的大地带来一个奇迹

当你垂落，宽阔的疲惫
像乌云压断老树的脊梁

有时，我在山巅守望，你拍打的翅膀
是夕阳西下时最后的光芒

让我看见：岁月的金色的重量

多么灿烂地浓缩在你的身上 [1987年]

回家

那匹走失的儿马正向帐篷归来
只有三天，它就衰老了许多
像一个漂泊异乡的男人回家
迈着疲惫而又羞涩的步子

妻子的手搅拌着奶，黄昏中
注视她的背影足以把沧桑历史
女儿趴在草地上，从她的角度观看
太阳就是锅庄下的那团牛粪火焰

我的记忆中有这样一户人家
女人们，不必每一次都知道
远方的马蹄声何时响起，何时止息
家是命运，她们对此早已洞悉

但这是一个幸福之家
丈夫叫扎西，妻子叫索玛
黄昏时，那匹走失的儿马向帐篷归来
一个漂泊异乡的男人回家 [1987年]

萤火虫

女儿，还记得
那个夏天的夜晚吗
我们沿着花园的小路
去寻找萤火虫

从读过的书中，你知道
萤火虫将出现在这个夜晚
它们身上那盏绿色的小灯
其实一直闪烁在你的梦中

我们有一幢朝向花园的房子
屋角的纱窗为了微风
庭院的草丛为了露珠
而这一切都是——为了你

我们来到池塘
静静的水面是萤火虫的天堂
我提醒你注意那危险而又美丽的幻影
你的目光却一直在仰望

像所有没有长大的孩子一样
你总是更愿意被头顶上的星光所吸引
的确，那些飞旋的繁星

正把这夜空装点成一个梦境

终于，一群萤火虫
带着炫目的舞姿飞过我们头顶
它们神奇的绿光一闪而逝
你的童年也飞快地消失 ［2009年］

蜂巢

午后的蜂巢是一首歌
你们震动的翅翼轻颤的触须
保持着同样的节律

这是一天中最繁忙的时刻
采蜜归来的工蜂把一只巨大的口袋
在蜂群中传来传去

吃完午餐的工蜂们开始建筑崭新的蜂舍
六边形的窗户以及白色的墙壁
一只只又白又胖的幼虫正在里面睡觉

你们的城市会一天天长大
宫殿会更加华美而我最愿听到
你们在阳光下齐声高唱的歌声 ［2014年］

哑　石

*

哑石，1966年生，四川广安人。1983年考入北京大学数学系，1987年毕业于基础数学专业，现居成都，供职于某高校经济数学学院。作品集册有《哑石诗选》《雕虫》《丝绒地道》《风顺着自己的意思吹》《如诗》《火花旅馆》《从彤云的悬崖团身坠入镜海》等。

经验

一生中的很多时候　我们
都不太在乎绿叶背后的清脆欢笑
从那看似确切的地点（如公园拐角）
走过　侧耳“听”上几秒
抿抿嘴　然后显得猫一样平静

只有走了很远很远的路我们
才突然察觉那是非常重要的经验：
黝黑　玄奥　像雷电劈开的坚硬松果

世界以美丽的骗局孕育言语者
你说：“月光下的青草总该很痴迷吧”

但这错了　就说公园的湖心
一对老年夫妇的游船出现轻微漏水
他们叫嚷着　满心爱意地
折腾　直到其中一人突然大笑起来

这是另一种经验　真实　安全
几乎不可重复：其中些许冒险的快乐
像是语言伤口上的暗红花粉

而将声音悄悄吸收的请求是可爱的
譬如　一群诗友秉烛清谈
几小时过去了　幼波老弟突然说：
（他热爱幻象如同热爱生命中的雨水）
“老哑　把房门敞开吧　你的
劣质烟味太呛人了！”或者诚恳地：
“老哑　来　咱俩杀一盘围棋”

这样的经验比绿叶背后的欢笑
更具隐秘性：真悲哀
因为我与世界的对弈总是黑暗的　［1996年］

山中静湖

翻过这道胭脂色火页岩的斜坡
就会看到湖水　一个幽深的所在

湖岸的绿色灌木浓密得无法插足
似乎要把一切噪音挡在意识外面
我惊讶于湖面没有一丝水雾
水这么蓝　蓝得足以刺酸飞鸟的双眼
我想　这就是童年梦见过的那面镜子了
由浩淼星空绵绵的意志制成
却从来、从来不肯掀起半点波澜：
如果把双手浸入这寂然不动的湖水
那醇厚的寒意　是否会像隐形之火
猛然咬断贪婪的手腕？想一想
山谷把它、长天共拥进温暖的怀里
经历了漫漫岁月　却从来没有厌倦——

［1997 年］

酒吧短访

“说说　能否把身边的事物拉近？”
酒吧是本装帧紧凑、俗艳的书　每个字
都蕴藏着钨丝爆裂其中的电火——
“它的自由　一如春运期间的直达火车
陷在山棱线阴影中猛喘粗气……”
请让开直抵生活心脏的闪亮钢轨吧！
当两杯酡红的葡萄酒下肚　你已舞过
松弛的星辰、鸟面人滑爽的花朵
此时该是那位口音浑厚的外地姑娘了
她会搂紧你　双耳发出风车的韶乐：

“能不能带我去天府广场散散步呢?
那里红星照耀绿草　夜猫乳酪般寂静。”
或许应告诉她这是个骄傲、下流的十年
当舞池另一端大团大团的黄雾
轻轻弹出了爵士乐。“船在暗夜着火了……”
而那宝贝火辣辣的舌头又会被谁噙住?
又咸、又甜的波浪　构成某种奇幻的听觉:
“让我掏出你软耷耷的肺叶吧　这么脏
如同吧台上那叠反复摔打的账簿。”是的
她是这么说的　浪笑　又像夯实之解脱。　[1998 年]

安迪·沃霍尔:《钻石粉末鞋》

如果死得足够的
漂亮、彻底　我们的目光
便不会被引向别处。
安迪·沃霍尔的《钻石粉末鞋》
精细着色之表面
仅仅意味着透彻的空虚?
不容混淆、犹豫
不容在时光中将旧事寻觅

它衰减着回到原处
——没有声音将肉体挤出汁水来。
“我们真的是自己吗?”风很干燥

而死需要未完成

需要一些粗俗的东西。它来到

仿佛不堪忍受的诸物

像生活本身

像清晨河边的阵阵鹅叫 ［1999 年］

恒　平

*

恒平，原名蔡恒平，1966年生，福建福州人，1983年考入北京大学中文系，后休学一年，进入八四级中文班。1991年获文学硕士。现任鼎视传媒职业经理人，副总经理。

肖像十四行

我的躯体，这副锈迹斑斑的皮囊啊
要到几时才能让我熟视无睹
彻底放弃对自身的眷顾和留恋
像出家的佛陀，如羽毛飘浮空中

心像身躯一样污浊、孱弱，波澜四起
倘若不是有死亡远远地耐心等候
我不知该怎么面对纷至沓来的虚假的声音
让头颅安置在清澈的井底

蔡恒平，神明说：不要轻举，妄动
伸手反摸自己冰凉的胸口
双手能抓住的东西才是事物的本质

神明啊！我是个愚鲁的人、不堪救药
和我的同类格格不入。请怜悯我
接纳这颗孤单失群、显得可笑的灵魂 ［1989年］

信仰十四行
——给清平

我从小朴素，长大成人是我唯一的愿望
我一直好好生活，不久还将娶妻生子
挣钱养活他们：我的肋骨和骨血
我从来听从神明的安排，努力做到顺流而下

这并不意味着我有一个家，我可能有的叫公寓
春天刮风，冬天落雪，我在窗帘后边居住
和我一起生活的是爱情，炉火和苹果
爱情是我的信仰，炉火是我的信仰，苹果是我的信仰

我断断续续写下的诗集，是一卷信仰之书
在那里我试图确认自己很少错误
这同样并不意味着我有一个最后的信仰

那要等到大限将至，我彻底认清自己的形象
没有它目前我也能熬过一些不好形容的日子
读书，上班，饮酒，和朋友们聚会到天亮 ［1990年］

汉语
——献给蔡，一个汉语手工艺人

数目庞大的象形文字，没有尽头
天才偶得的组装和书写，最后停留在书籍之河
最简陋的图书馆中寄居的是最高的道
名词，粮食和水的象征；形容词，世上的光和酒
动词，这奔驰的鹿的形象，火，殉道的美学
而句子，句子是一勺身体的盐，一根完备的骨骼
一间汉语的书房等同于一座交叉小径的花园
不可思议，难言的美，一定是神恩浩荡的礼物
因为它就是造化本身：爱它的人
必然溺死于它，自焚于它。然而仅仅热爱
就让我别无所求。——美从来是危险的
我生为汉人，生于世纪之末，活到如今
汉语的迷宫，危险的美的恩赐
是我最后栖身之处。我自囚于其中
那里是另一种真实，更高的真实
作为对比，或者作为报应，人们寄存形骸的世界
虚伪、下流、没有意义、丧失本质
时至今日，汉人啊：这是我们硕果仅存的荣光
守着神明的钻石一贫如洗
有谁和我一样？享有王国及其荣耀　　［1990 年］

美好十四行
——给寿平

我梦想中的爱人在林子中
为我采满篮的蘑菇
有风从她手指间吹过
她微微侧身，长裙像一朵巨大的蘑菇

林子中厚厚堆积的树叶发出浓郁的叹息
她在风中盛开，随风而动
向着耀眼的光线，她的双眼迷蒙
有一些泪珠从中落下，在长裙上跳跃

她不知道，
这一刻，她有多美啊
像驿桥边寂寞的红花，
那么深远、辽阔
“但为什么，她的蘑菇散落一地？”

美和纯洁女神啊，赐我才华吧，
让我能够形容她，书写她。
不，赐我朴素忠贞吧
让我带她到林中的小圆木屋，
对她说：“我爱你，永生永世。”　［1991年］

流水十四行
——给王枫

我们祖先中最有智慧的人说：上善若水
许多年过去了，少数几个智者理解了它
在生活中实现了它。但有谁像你一样
在我们这个嘈杂的时代，像一条大水

有时波涛汹涌，滚滚而过
有时沉静无言，像一枚落叶
当它看上去像万物一样安然
或者澎湃，或者清澈

但它从未停滞，随物赋形的流动
永远的流动
这正是水的本性：兄弟啊，你该有多幸福

同样的幸福只有浮云和飞雪，并且
你从不多余地说明它：和万物真实地相遇
什么也不能真正伤害你

［1991 年］

莫雅平

*

莫雅平，1966年生，湖南绥宁人。1983年考入北京大学英语系。毕业后到桂林工作，曾在漓江出版社任文学编辑25年，现为广西九宇律师事务所执业律师。业余从事诗歌、随笔创作和文学翻译。有自创诗、翻译诗合集《诙谐与庄严》出版，另有《魔鬼辞典》《匹克威克外传》《李柯克幽默作品选》《汤姆·索亚历险记》《被涂污的鸟》《笑忘录》等十多种名著译作出版。曾获加拿大研究奖、《广西文学》广西青年文学奖。

面包情歌

这块被你扔掉的面包，
　　在普通食品店都能买到，
因此你不理解它的含义，
　　你看不见小麦发酵的辛酸。

这块面包上有数不清的小孔，
　　你不会想象那是美女皮肤上的天窗。
你压根儿不相信美女也有毛孔，
　　面包一多你就失去了想象。

而在过去战乱的日子，
　　你父亲常吃想象的面包。
他说每次只吃面包的一半，
　　就永远不会没有面包。

你的父亲理解面包，
　　他一碰上那位拿出仅有的
一块面包和他分享的女人，
　　就产生了爱情，于是世界有了你。

我不在乎你所有的财产
　　只是一小块面包。
我愿和你按你父亲的方式把它分享；
　　然后让我们一起来感谢面包！　　[1988年]

喝葡萄酒的不同方式

一

一杯葡萄酒匆匆跌落喉咙的深谷
一头狮子一口就吞掉一只小白兔
我听不到白兔在狮子体内的哀叫
你看不见葡萄酒在食道中形成的瀑布

我们活得多么匆忙多么冷漠啊

一轮夕阳消失在大地的牙齿后面
我和你却常常是视而不见

二

其实我们可以活得慢一些
慢下来葡萄酒就成了魔法之水
把杯中的魔水轻轻地旋动
我就能看到日出日落、四季轮回

让那魔水顺着舌头慢慢地润下去吧
慢慢就会有无数嘴唇在你体内把你亲吻
你觉得你就是茫茫黑夜的一盏灯

三

终有一天你会拥有自己的一片土地
建议你在自己的园子里种上几株葡萄
把你收获的上等葡萄酿成葡萄酒
天空会用新一天的阳光赞美你的成就

把你所有的葡萄酒送给你所爱的人们
当葡萄酒为他们的脸庞抹上淡淡的胭脂
你便在大地上创造了一群天使

四

你没有葡萄园或葡萄酒也没关系
那就在一张白纸上写下“葡萄”二字
然后在后面添加一个“酒”字
这张白纸就成了你的酒窖

请你珍藏好这张芬芳的白纸
终有一天我们会拥有自己的一片土地
这张纸将证明我们在大地上的权利

［2009 年］

彼　得

*

彼得，原名顾刚，1983年考入北京大学西语系，现为驻瑞典外交官。

渔谣

鱼在垂竿的尽端和渔夫邂逅
渔夫用饵和鱼攀谈
鱼听信了他的话
（渔夫看不见鱼鱼看得见渔夫）

他们很投缘　用空气交谈
　　　　　　用火
　　　　　　用唾液交谈
（渔夫看得见鱼鱼看不见渔夫）

渔夫给鱼讲了沉在肚里的故事
　　　　　　和鱼谈心
　　　　　　诉尽衷肠
（渔夫看不见鱼鱼看不见渔夫）

直到渔夫累了枕着涛声睡熟

鱼才用海水道了别

顺着渔夫的记忆游走

（渔夫看得见鱼鱼看得见渔夫）

［选自《北大诗选 1978—1998》，中国文学出版社 1998 年版］

BC-1

*

BC-1，原名李保军，1983 年考入北京大学俄语系，现居北京。

幸福

这个春天将会姗姗来迟
这个春天或将永远不至
请在每天的罐子里贮满新鲜的牛奶
请在你们的居室中种满青草

请面南而居
闭目可以换来片断的宁静
乔木已经消瘦别忘记
悼念每一片年轻的落叶

月光是我珍藏多年的丝绸
却在观赏中悄然破败
我该把她挂在何种枝头
以免为风吹逝

这是其中的一次恋爱面孔辉煌

但空气日渐稀薄

我又该如何靠近我的幸福

［选自《北大诗选 1978—1998》，中国文学出版社 1998 年版］

洛　兵

*

洛兵，藏名扎西茨仁，1967年生，四川成都人。1984年考入北京大学俄语系。1986年获北大五四文学大奖及未名湖诗歌朗诵会创作一等奖。1990年开始流行音乐创作，担任音乐制作人、唱片公司高管。1993年诗作《晚钟》入选《中国诗歌年鉴》，多首作品被收入各种选集。1999年开始，出版小说《秋风十二夜》《绝色》《今天可能有爱情》《新欢》《天外》、散文《我的音乐江山》。2017年出版第一本个人诗集《路过你，谢谢你》；出版第一张个人专辑《吟游天外》。

火貂

R在我手里犹如一只红色的火貂
又像一只帆船。
从水上回来。运了一舱的火貂。

在那些有禁区的夜里
　　　　我急急忙忙地走过旧事
把R放养在浓密的丁香花荫下
或者幽静的古水池边。
R像一只旧船上的火貂。

并且，那时我们沉默着来来去去
途中遇上很多的商船
走我们这条水路。
我抬头像一片帆落下
惊起火红色的旧事
使它们四处逃散。 ［1987 年］

青苹果的后园

青苹果的后园
朽木断墙的后园
从缺口凸现出来
是我清淡的家。

香翠透明的桑林
天牛怡然地吮着树汁
金红石榴昏昏欲睡。
整个童年便像整个夏天
整个下午一样嬉戏过去：
纸烟囱。淡铅笔和
对于青苹果的
执拗的盼望。

古旧玲珑的套楼
指引我们窥视

桃红床单

浑身泪流满面的女人

吸盘双手

所有感觉都凹陷深渊

再也不见了。

那时我逃出红石桌的包围

逃出家门

从缺口处跑来

可以不停地喊

不停地喊。

我漂亮亲切的玩伴

正为我安排一生的漂泊。 ［1990年］

二零一四：你好，再见（节选）

写一首诗吧，这么晚了，没有人看见。接下来是梦还是什么，我不知道。

写一首诗吧，这么晚了，风都被风吹走了，我这样荒废，是因为我已经荒芜。

写一首诗吧，你看，那些船帆，变成了鲨鱼的背鳍。我不敢用力弹琴，楼下的人会又一次发疯。

我用最小的音量，吟唱最大的沉默。我用最小的光亮，凝视着整个世界的孤独。

二月，你好。二月，再见。

城市从夜色中凸现，有一双猩红的眼珠。

城市是一幅泼墨，一滴水墨，一方老墨。

必须有妖怪，才能叫城市，才能让灯塔，从雾中隐去。

城市是一个古人，渴死在路上，脸上长出的青苔。

城市是一群新欢，在餐桌上，活蹦乱跳的刺身鱿鱼。

城市啊城市，越睡越荒凉，依然是当年，风吹着楼下花坛的空罐头盒，哐哐作响。

四月，你好。四月，再见。

这是松香一般的月份。很久以后，融化过的，流淌过的，都会变成珍宝。

我上了岸，因为海水在沸腾。我进了森林，我想为你直立。我展翅欲飞的那一瞬，世界变成了一滴从天而降的松脂。原野多么寂寥，每一片落叶，都是神祇从天外扔来的纸飞机。睡吧，睡吧，放牧风景的人，谢谢你，让我路过你。

七月，你好。七月，再见。

午夜的饥饿，是唯一忠诚的情人。

我的睡眠分成两段，星空中掉下两截船舷。

有人盛开，有人隐居，有人穿堂而过。

他们说，收获了，我就轻轻走过去，你就呼啦啦惊飞了。

我还是等着，零点变成了零度，夜变成水，酿出玉色的羊群。你的背影散成了霜，散成了露，许多的时光，散成了祭品。指缝中淌下去，都是忧伤，但也是快乐。指尖上留下来，都是美丽，但也是虚无。

十月，你好。十月，再见。 ［2014 年］

程 力

*

程力，1984 年考入北京大学中文系，现居安徽。

驼队

那几天我一直在等待
傍晚的花凋零不堪
空气中有尸体清新的气味

白天找水的人路过两座坟墓
他们回来说马
那些沾着露水的马
那些处女的马
正在路上
流浪的家伙斜跨在马背上
样子很龌龊
那几天我一直在等待
到傍晚我看见它金黄色的轮廓
我眯起的眼缝里
风在歌唱　鸟语花香

我追随那家伙一直到河边
它消失在紫色花瓣落下的地方

水
请伸出你的手
请伸出你的手

节日之歌

三个节日的名字分别是三株槐 / 三棵树的性别都是浓烈的酒 / 少年的手指背向阳光 / 猎人的枪口背向村庄

迷路之歌

陌生的人，你看一眼这田野，你回家了。
陌生的马，你把道路留给阳光与荆棘丛，你将带我们去哪里？
陌生的手，三只白羽毛的鸟招引你，三个少女都是你的情人。
陌生的风，属于黑夜的狼，在我的门后窥视。炉火即将安息。

是你的迟早会属于你。

早晨的牧歌和黄昏的牧歌是两朵伤感的花。烧伤的原野尽处是梦的故居。花园中的喷水器不再喷散，是因为时间在窗口消失。

山的心脏有两个，如同两枚熟透的果实。海水流出来甜的，河水都结了冰，裸露的石头，跌倒在山径上，来往的风为它们哭泣。

日月是你的黄金和水银。

桑葚和栗树的歌

在秋季的城市边缘，你收到来自南方的信，第二十四封信的颜色是紫色带有一点黄，它从早上一直待到傍晚。竹林后的房屋的主人还没回家。那时，田野里一头牛又一头牛，踏过水沟。青草上沾满许多泥泞。

远方来的客人你在清晨走到山前，打柴的少年在村头看见你，洗衣的女子在桥下听见你。吃饭的时候，一只狗嗅到了异乡的气味。青色的浆果如细砂上的溪水一样有清凉的呼吸，桑树下埋葬着粗糙的石头，粗糙的往事。忧郁的妇人你有一个奇怪的名字。

主人回来之前，你暂且不要到窗里去喝酒，你会惊动山里的每一根树木。

［选自《北大诗选 1978—1998》，中国文学出版社 1998 年版］

西　渡

*

西渡，原名陈国平，1967 年生，浙江浦江人。1985 年考入北京大学中文系。大学期间开始写诗。20 世纪 90 年代以后兼事诗歌批评。著有诗集《雪景中的柏拉图》《草之家》《连心锁》《风或芦苇之歌》《鸟语林》，诗论集《守望与倾听》《灵魂的未来》，诗歌批评专著《壮烈风景——骆一禾论、骆一禾海子比较论》。

当风起时

当风起时
我看见许多正在消失的事物
我内心的深痛无法解释
友人的身影在风中越走越远
我独自把背叛了我的爱人怀念

一个人把另一个人怀念
这孤独说穿许多人生的秘密
有许多人用他们的一生默默体认孤独
对自己以往的经历，有许多人
讳莫如深

而我在大地上四处流浪，期望
和另一个人相遇
但幸福显得多么遥远
阳光需要走多久
马匹需要走多久

还有人在风中制造房屋
把自己砌进更深的孤独
没有人应邀进入我的内心
和一个人擦肩而过时
突然的一道阳光能停留多久

当风起时
许多人想起一生的憾事
许多人吹灭蜡烛
怀念把他们引入阴暗的梦乡
当风起时
许多人一直把匕首刺入自己的心脏

[1988年]

颐和园里湖观鸦

仿佛所有的树叶一齐飞到天上
仿佛所有黑袍的僧侣在天空
默诵晦暗的经文。我仰头观望
越过湖堤分割的一小片荒凉水面

在这座繁华的皇家园林之西
人迹罕至的一隅，仿佛
专为奉献给这个荒寂的冬日
头顶上盘旋不去的鸦群呼喊着

整整一个下午，我独踞湖岸
我拍掌，看它们从树梢飞起
把阴郁的念头撒满晴空，仿佛
一面面地狱的账单，向人世

索要偿还。它们落下来
像是被生活撕毁的梦想的契约
我知道它们还要在夜晚侵入
我的梦境，要求一篇颂扬黑暗的文字　　［1994 年］

为大海而写的一支探戈

海风吹拂窗帘的静脉，天空的玫瑰
梦想打磨时光的镜片，我看见大海
的脚爪，在正午的镜子中倒立而出
把夏天的银器卷入狂暴的海水

你呵，你的孤独被大海侵犯，你梦中的鱼群
被大海驱赶。河流退向河汊
大海却从未把你放过，青铜铠甲的武士

海浪将你锻打，你头顶上绿火焰焚烧

而一面单数的旗帜被目击，离开复数的旗帜
在天空中独自展开，在一个人的头脑中
留下大海的芭蕾之舞，把脚尖踮起
你就会看见被蔑视的思想的高度

大海的乌贼释放出多疑的乌云
直升机降下暴雨闪亮的起落架
我阅读哲学的天空，诗歌的大海
一本书被放大到无限，押上波浪的韵脚

早上的暴风雨从海上带来
凉爽的气息，仍未从厨房的窗台上消失
在重要的时刻你不能出门，这是来自
暴风雨的告诫，和大海的愿望并不一致

通过上升的喷泉，海被传递到你的指尖
像马群一样狂野的海，飞奔中
被一根镀银的金属管勒住马头
黑铁的天空又倾倒出成吨的闪电

国家意志组织过奔腾的民意
夏天的大海却生了病。海水从街道上退去
暴露出成批蜂窝状的岩石和建筑

大海从树木退去，留下波浪的纹理

而星空选中在一个空虚的颅骨中飞翔
你打击一个人，就是抹去一片星空
帮助一个人，就是让思想得到生存的空间
当你从海滨抽身离去，一个夏天就此变得荒凉 [1997 年]

在黑暗中

（致臧棣）

在黑暗中他看起来像一堆
庞然大物，像镇纸一样
把黑暗压在身下。或者说黑暗
像坐垫一样垫在他的屁股下

他在黑暗中静坐的形象，像拿着
一根针，努力把什么东西串起来
他一拖，便有一根线被一下拉直
然后像吐丝一样从里面引出

更多的线。他像一个穿针引线的高手
在黑暗中缝缀一件无缝的天衣
然后他突然跃起，像被黑暗
从椅子上弹起来：他转身走到阳台上

从那里俯视着黑暗。他伸出手
像是从他的体内捧出什么
已经成熟的事物：一下子房内一片光明
他说："我终要给世界贡献出一样东西"　　[1998年]

梅花三弄

三月，携故人东郊访梅
我的情怀是满山的梅花
饮酒、听琴箫合奏
在春风里一直坐到黄昏

四月，我思故人
到山中摘一把青梅
煮一壶老酒
让心情缭绕梅香、酒香

五月，山中的梅子熟了
城里没有故人的消息
我的怀念是落不尽的梅雨
漫过长江的堤岸

六月，梅子下枝
我的思恋是满山的青
那郁积的绿的海呵

望穿故人的秋水

啊，钟山！钟情的山

［2008年］

秋歌

无边落木

——杜甫

一夜落木，太阳的巡演接近尾声，
在行星中间盛传着来自太空的秘闻，
神的头发稀了，神的头脑空了，天使在人间挨饿，
被两只经过的燕子抬入天空深处的摇椅，
陷入昏沉的、持续的梦境。
梦见圣诞老人，就着月光，补袜子的窟窿；
梦见其他的神的不倦的游戏，那也是我和你的游戏。

大树也在做梦，他站着，梦见早年走失的表亲，
梦见她又穿上少女时代的白裙子，
在冰水的池子里参加婚礼，客人都是肥胖的企鹅。
梦见蝉退出最后的身体，结束诗人生涯，
把歌声藏进木质的深处。

午夜过后，人也在做梦，梦见垂头垂脑的天使，
宣告，神和万物一同老去。

时光的脱臼的关节，
发出失群的孤雁的哀唳。
再往前，记忆是唯一的财富。
我们的爱也要经受考验，
能否帮我们坚持到另一个春天。

做梦吧，哭吧，点上蜡烛哀悼吧，
成长已经废止，田野已经腾空，
新来的神被钉上十字架，流遍天空的血，神的遗言。
眼看海水没顶，花园的门纷纷关闭。 ［2008 年］

戈　麦

*

戈麦，原名褚福军，祖籍山东巨野，1967年生于黑龙江萝北。1985年考入北京大学中文系。毕业后在中国文学出版社工作。1991年去世。出版《彗星——戈麦诗集》《戈麦的诗》《戈麦诗全编》等。

誓言

好了。我现在接受全部的失败
全部的空酒瓶子和漏着小眼儿的鸡蛋
好了。我已经可以完成一次重要的分裂
仅仅一次，就可以干得异常完美

对于我们身上的补品，抽干的校样
爱情、行为、唾液和伟大理想
我完全可以把它们全部煮进锅里
送给你，渴望我完全垮掉的人

但我对于我肢解后的那些零件
是给予优厚的希冀，还是颓丧的废弃
我送给你一颗米粒，好似忠告

是作为美好形成的句点还是丑恶的证明

所以，还要进行第二次分裂
瞄准遗物中我堆砌的最软弱的部分
判决——我不需要剩下的一切
哪怕第三、第四、加法和乘法

全部都扔给你。还有死鸟留下的衣裳
我同样不需要减法，以及除法
这些权利的姐妹，也同样送给你
用它们继续把我的零也给废除掉 ［1989年］

献给黄昏的星

黄昏的星从大地的海洋升起
我站在黑夜的尽头
看到黄昏像一座雪白的裸体
我是天空中唯一一颗发光的星星

在这艰难的时刻
我仿佛看到了另一种人类的昨天
三个相互残杀的事物被怼到了一起
黄昏，是天空中唯一的发光体
星，是黑夜的女儿苦闷的床单
我，是我一生中无边的黑暗

在这最后的时刻，我竟能梦见
这荒芜的大地，最后一粒种子
这下垂的时间，最后一个声音
这个世界，最后的一件事情，黄昏的星 ［1990 年］

如果种子不死

如果种子不死，就会在土壤中留下
许多以往的果子未完成的东西
这些地层下活着的物件，像某种
亘古即有的仇恨，缓缓地向一处聚集

这些种子在地下活着，像一根根
炼金术士在房厅里埋下的满藏子弹的柱子
而我们生活在大厅的上面
从来没有留意过脚下即将移动的痕迹

种子在地下，像骨头摆满了坟地的边沿
它们各自系着一条白带，威严地凝视着
像一些巨蚁被外科大夫遗忘在一个巨人的脑子里
它们挥动着细小的爪子用力地挠着

而大地上的果实即使在成熟的时候
也不会感到来自下方轻微的振动
神在它们的体内日复一日培养的心机

终将在一场久久酝酿的危险中化为泡影　　［1990 年］

没有人看见草生长

没有人看见草生长
草生长的时候，我在林中沉睡
我最后梦见的是秤盘上的一根针
突然竖起，撑起一颗巨大的星球

我感到草在我心中生长
是在我看到一幅六世纪的作品的时候
一个男人旗杆一样的椎骨
狠狠地扎在一棵无比尖利的针上

可是没有人看见草生长，这就和
没有人站在草坪的塔影里观察一小队蚂蚁
它们从一根稗草的旁边经过时
草尖要高出蚂蚁微微隆起的背部多少，一样

但草不是在我心中生长
像几世不见的恐慌，它长过了我心灵的高度
总有一天，当我又一次从睡梦中惊醒
我已经永远生活在一根巨草的心脏　　［1990 年］

未来某一时刻自我的画像

不能说：这时候的我就是现在的我
一块块火红的断砖在我的身后峭立着
而我像一根一阵风就能劈倒的细木
也不能说：这时候的我就不是现在的我
一根放在厚厚的棉絮上的尺子
与棉絮被抽走后留下的长度，不同

累积病患者的需求像瓷罐中的物品
不是被拿出，而是掷进后，如今准备了结
一枚枚幽魂般的硬币，在黑暗的光中
依此走出，每一次被隐藏得很深的顾虑
如今已被纷纷抖出，像魔术师
口袋中的鸽子，纸牌和鲜花，像魔鬼

像一笔坚硬的债，我要用全部生命偿还
我手中的筹码，由于气温过高
或自身的重量，飞了起来，云一样
像顶外星人的帽子，始终盛载着
我在那里面藏匿的所有情感和欢乐
有时我能在夜极深的时刻听到里面不停地抱怨

这些运动发生的时刻，帽子中空无一物
我梦中的手，现实中的银行，空无一物

这样。生命就要受到结算
草秆上悬挂的腰被火焰一劈两半
两只眼睛，一只飞在天上，一只掉进洞里
我是唯一的表演者，观众们在周围复仇似的歌唱　［1990 年］

陌生的主

今日，我终于顺从那冥冥中神的召唤
俯视并裁决我的生命之线的
那无形和未知的命运的神的召唤
我来到你的岸边，大海的身旁

我望见了你，那金黄的阴云
两条无身之足在阴云之上踩着灵光
我望见你，寂静中的永动
从黑云之中泛着洪亮的声音

我是在独自的生活中听到了你
你的洪音震动着明瓦和庄稼
从那样的黑夜，那样的迷雾
我走上的归程，那命运的航路

我是怀着怎样一种恐惧呀
却望不到你的头，你的头深埋在云里
为大海之上默默的云所环绕

你神体的下端，像一炬烛光

我是怎样被召唤而来，却不能离去
抛弃了全部的生活，草原和牧场
畏惧着你，你的脚下的波浪、群山
双目空眩，寒气如注

你是谁？为什么在众生之中选择了我
这个不能体味广大生活的人
为什么隐藏在大水之上的云端
窥视我，让我接近生命的极限 [1990年]

眺望时光消逝（二）

箭羽飞逝的声音还在鸣响，停留的是光的影子
马的背影留下的只有风声，风头已汇入旷宇
只有天空中一只大箫，用雷声挽留住匣中的天籁
一切变得像你刚刚叠起的乌云，海兽沉伏的项背

多少个钟点，光终于走完一把利刃的形状
斩断天堂的钢索，垩白而真实，它大而无形
群星寂灭，理性的组合舱变得亏空
由一个单数到复数，造物主的精神像雪迹一样污黑

岩石在大地上迟滞，像是树木的纹理上生长的岩石

白垩的光，白垩的表面像是自生自灭的晶体
盛开的大丽，自主而无边，冷漠的花的海洋
一只大鱼驮走神器，驮走一箱箱的言语

还会有异象在天际闪现，像被摘成倒刺的闪电
“V”字形密得像暴雨，向地缘处的深渊扎着
是时间倒立而出的脚，不可复得的脚
显现给世界最后一种物质，它带着一声尖叫

不断有隆起的身影向上飘浮，由最小处上升
向我们表达最终的问候，这些弓起而相背的脸呀
是光，从最大处消失，像有罪的天使
不能原谅，伴随着时光，恒星离我们远去 ［1991 年］

熊　原

*

熊原，原名熊大勇，曾用笔名白鸟、马嘉等，1967 年生，祖籍湖南长沙，生于辽宁大连。1985 年考入北京大学中文系。现居北京，为影视编剧，主要作品：随笔集《你听我说》，舞台剧《想吃麻花现给你拧》《麻花 2：情流感》《麻花 3：人在江湖飘》等，电视剧《传奇之王》《艰难爱情》等。

写给我夭亡的诗句

将军面前这些褴褛的士兵
目光呆滞，他们每次冲锋都把
一些人永远留下，下一次不知
是谁，橄榄枝拂过时
才知道胜利就是可以这样站着
勋章仿佛敌人的头颅

活着的士兵整齐庄严
像我不甘寂寞的诗句独自吟咏
我夭亡的诗句和死去的士兵
同样都献给光荣

我和将军暗中想法一致
死去的比活着的更好

我必须承认自己是个蹩脚的将军
尽管与对手作战无休无止
无法见到阳光的诗句都是烈士
却不能建造陵园让它们休息
并且种上松树，并且栽上白花
并且提醒生活：这就是战争 ［1988年］

流行歌曲

那歌声唱的是我昨天的事
一个时代的怀念，往往是一句忧伤的咒语
在昨天，在昨日之河的岸边
许多花的面容像黑夜里的灯
为我举手加额的人如今在哪里

一只火狐狸点亮平静的夜
此起彼伏的怀念，如雨水敲打风中之树
我用歌声就如同用泥土塑造回忆
背井离乡的手艺人，如今在草原深处
把阳光抚弄成一具缠绵的琴

高速旋转的车轮下面

情绪开始脆弱，从一片叶子出发
能引发整个季节的诗篇
何况是一首关于昨天的歌
孤独的歌手，黄昏时候你为什么沉默

就在昨天我还是个孩子的时候
就在我还能分得出风的手指和太阳颜色的时候
我还没有学会怀念，我还不知道
自己正融入一首歌里像融入一个冬天
如今我是最忠实的听众，在独自一人的夜晚 ［1989 年］

诗人之死

没有小麦的田野
生长不出诗歌
我相信我的心脏是颗好种子
八千里路云和月的手脚
使我觉得自己还能够活着
像不肯放弃的笔
我长长地打量自己，目光铺满全身
后来我想起一个诗人的死亡
我笑了很久，笑得很呆

我想念曾经的爱情
爱人在怀念中走来走去

分明在等待什么

我吸烟。我大声地咳嗽

一群乌鸦降临到这个城市上空

即使战争或者和平

都胜过一支枪的回忆

我将诚恳地走出铅字，无姓无名

在人海里弄死自己 ［1989 年］

紫　地

*

紫地，1969 年生，江西吉安人。1985 年考入北京大学中文系，1996 年获文学博士学位，现为高校教师。

黑地

人群在光滑的壁上滑倒
内中紫檀木的气味
使手指润湿
在隐晦的过道里
静听帽子款款掉落的声音　　［1988 年］

门前

这曾经是我最幸福的回忆：
我生存，凭着你陈旧的面容和爱——
这唯一的阳光
像灵幡一样照耀在我头顶。

现在我真想把自己的脑髓取出来

浸在清水里，让欲望开花
让回忆悲鸣，让血肉洗净我
万丈红尘中泥污的表情。

我吃完最后一片面包，
我留下最后一颗子弹，
主呵，我点亮了最后一根火柴，
当它燃尽，黑暗将重新把你封锁，
当你看到我遍地的旌旗倾伏，
我将把今生轻轻放过。 [1991 年]

南区的小巷

我只能就这样跟在你身后
穿行在这些无常的小巷，
要去的地方并不遥远，怎么花了
这么长时间……越过你青春的肩膀
我的目光探寻着不时回眸的双眼
“在这里我已住了三年”，纤手挥去
我怀疑主义的磨蹭，用你美好
（也终将衰亡）的嗓音重复了一遍
——“我知道”

我也一直就这样跟在它身后
穿过梦和时间，并不期待

它转过脸（有谁见过命运的面容）
仿佛同样伸手可及，但那是
比你芬芳的双颊更遥远、更善变
我已经走了三十年，要去的地方
还远在天边，却无数次听到
它那冷漠的声音逼近面前
——“我知道”　　［1999年］

上海

六月骄阳照耀得外滩恍若海市
盛夏的水波纹或揭示出岁月的数字
一杯冰咖啡难浇灭过客渐老的离思
远方仍在飘扬好八连激昂的旗帜
为谁见证这大城从最堕落污浊
到最繁华成功的标尺？淮海路的梧桐
是否还记得栽种下自己的初始
行时的坐处新换了田子坊的曲巷窄弄
无心有意恭聆着高深的金融股市
眼前岂再是当年明媚的女子
错手把盅，半瓶红酒翻倒在原木桌
残留些血色洇漫过几度轮回的人间世　　［2010年］

西　塞

*

西塞，原名李晓彤。1985 年考入北京大学中文系，毕业后做过电视台记者、广告公司策划，现居广州。

走西口
——献给四月的一个星期六

我不是为了你才走的
西口外那么荒凉
你唱一支陇味儿的情歌吧
让口外开满你的名字

西北的姑娘
即使成为母亲
也是爱花的
你姓马
母亲便称你马兰

我噙着泪水
走过风声满潮的西口

从此，梦中会是安稳的
我坐在一块冰冷的石上
张望放羊的孩子
太阳血
洗红高原上行走的父亲

我走过西口
口外开满你的名字

水

水里泡大的孩子
过河送我

水里泡大的女子
屋角望我

水里死去的长辈
给我穿上鞋子

水里泡大的影子
对岸等我

河流

河水潮湿了马背山上的草
山上的桑子
我把自己放在树叶上

水的一半是泥土一半是桐柏的气味
那些船的窗子都古朴地开放
他从上游漂来河水潮湿了马背

我唱一个少年就要走四个季节的夜
黑暗和月色用两只手掌轮流抚摩我
我是谁的孩子

我的节日是河流木床是河流
长长的竹管由风吹响
我向西眺望的时候把自己放在河流上

在那遥远的地方

在那遥远的地方
有位好姑娘
——青海民歌

我的嗓子躺在那个地方

躺在洁白的手帕上
我模仿的歌谣
生活在高原上

我初尝悲欢离合
是因为有人
安详地唱起青海
在那个古老的姓氏下
会唱歌的女子
一生都没有过错

我相信命运放在哪只箱里
却不知道
爱情已被马匹驮走

我的嗓子死在那个地方了
好姑娘
你摸过和坐过的东西
都被我悄悄珍藏

［选自《北大诗选 1978—1998》，中国文学出版社 1998 年版］

郁 文

*

郁文，原名姚献民。1985年考入北京大学中文系。毕业后到上海百家出版社工作。

练习曲：梦见一只老虎

我梦见一只老虎
黎明以前
一只穿过森林的老虎
又穿过河流
一种火焰有七种颜色
燃烧着寂静的山谷

火焰照亮山谷里的村庄
照亮村庄里
沉睡的美丽少女
年轻的老虎热爱着她
隔着森林和河流热爱着她
火焰照在她天天汲水的井旁

扳机叩响　我的老虎
在它的梦中梦见
另一种火焰
它在火焰里狂暴地跃起
张大嘴巴
想咬住半空里那弯月亮

月亮退到高高的山上
火焰熄灭的时候
生命离开了百兽之王
它的爱情挂在少女门前
被风渐渐吹干
成为第二年美丽少女的嫁妆

你一再地跨过……

你一再地跨过那些如苞开放的胴体
像一盏桅灯　在风暴之上
向我提醒一种狂欢

之后的深痛　我吞咽着你
倏然而至的笑靥　而我干裂之唇要求的
是一杯鸩酒

不是醋　我也不该

注定要受苦
在淋漓的臭汗里

我每一次成功
都变成最新的失败
而我永远无法到达你

你以你的倏然而逝　在黑暗中
将一种空虚放大到无限

让我凝望你……

让我凝望你！但我的目光
与你无关　你超越了时间
而我的凝望停顿在时间里

听起来很像一首挽歌——
让我把挽歌唱给你！
当你的肉体已经

变成尘埃消失在对流层
窗外的雨声重又响起
我仍是那只无形之手

伸过马厩里的幸福之夜

在钟声敲碎白昼的时候
一只慢慢伸向你的手

掐住你美丽的长颈
极度酣畅地战栗你

［选自《北大诗选 1978—1998》，中国文学出版社 1998 年版］

余世存

*

余世存，1969年生，湖北随州人。1986年考入北京大学中文系，诗人、学者、自由作家。做过中学教师、报社编辑、公务员、志愿者。曾任《战略与管理》执行主编，《科学时报》助理总编辑。现为自由撰稿人，居北京。

平安雪

我在中国北京的天空下，受尽污染
参与绿风吹拂前的白色演出
遥远的呼唤，爬行在泥泞里
感觉黑洞的回应，受累于玩具
高楼大厦的灯火
冻结了父兄们的眼神

大盗和暴君联手
不操干戈，把人群分类洗劫
倾销的白菜搭售起人性的荣誉
像没事人一样的市民们同意
睡眠可以活过保鲜时节

苦于穷困，我像四川的富僧
不能远游还愿，罪于多情
南方，东洋，西洋的风雨
给我想象的营养和加倍的屈辱
我就这样痴于无地漂泊
等候大地的雷声
不行而成了时流里的浪子归人

孤光自照，看见孩子似的笑脸
我就心痛，肝胆惭愧
看到光棍般的植物
无知无识，我就默默忏悔
我告诫自己要是幽谷里的乔木所是

画地自狱，在风回舞姿的引导中
亲吻水灵。倾听无边的虚无
谦卑里的火种，爱中有毒
我参赞了风云
如今是泥土的一部分 ［2004年］

母亲

在词语里呼唤，是失去了对象
一个年长的词、遥远的宇宙星辰
人子们认识到她的博大和完整

那盛开的欲望，得到了辛劳和残缺
是她的枝叶，挡住了她的阳光
她是爱着的，她的眼睛却迷茫

都是她的作品，那梦境和做梦的人
让子宫割裂，她满足了悲剧
一生的漫长守望，是她的精神

精神抚摸过的目光更柔和深邃
她不懂词语，不解永恒和善良
她是无言、无形的在场

［2009 年］

采于武当

一

到毛培斌先生的家乡
看见一个诗人胸中的山水
无名的花鸟盘旋开放
谁的眼睛能够让它们生，让它们死

那些如诗人般的冷杉、银杏
仍向心向阳着独立
在观照里感受水与火的斗争
关照了身边上千年的众生

活得太久的肉身
向往着退藏洗心
如此发现了自然自在的秘密
万物在处处沟壑中生息

二

一只美丽的蝴蝶何辜
翩然飞入人类的高速公路
为一辆飞驰的轿车撞倒
在窗玻璃上滚出了一块香痕

赤子、醉汉无知于他们的摔倒
在落地的眩晕中完好无损
但她落地的侥幸之后仍是不幸
后来的车辆将她碾压成尘

三

一只黑狗横尸道上
凶手招认是他的杰作
在开车前来迎接你的时候
不幸献祭了一条性命

钢铁盔甲中的人心悸难解

他们为何事而来此世
我又何苦来哉
我来此地何苦

人道灾难指向我们的罪性
必须接近形而上学
生命们必得如此经历
才能安于长眠不醒

［2014 年记于武当—北京］

雷　格

*

雷格，原名邓锦辉，1968年生，辽宁沈阳人。1986年考入北京大学中文系。在校期间曾任五四文学社社长、《启明星》主编。现在北京某文化单位工作。出版作品有诗集《必由之路》、随笔集《此何人哉》等，有作品收入《后朦胧诗选》《北大诗选》等选集。出版译著有《宠儿》《爵士乐》《我的探险生涯》《似非而是》《上海往事》《追寻圆仁的足迹》等。

无锡乌篷船

咀嚼死亡的声音
从水的街上来，从火的门遁去
格格咀嚼的声音
甘美醇厚的声音
绝不惊动岸上栖止的灵魂
只在一个蝙蝠舞动的间歇
逼近我们，和我们手中
握住的栏杆，粗糙而沁凉的石头
以及桥，爱情本身。

不能轻易到岸上去
与那宁静栖止的一群谈论
骤然涌起的爱情与尘埃
这里湿热的天空充满微雨的
预感，从不飞鹰。

我们只须站在桥上
这唯一真实的十字路口
面向咀嚼死亡的方向，体验
腹中无法抗拒的坠落
仿佛思乡病，一个薄薄的词汇
遍体透湿，贴在死亡船舱
油污的黑色底层
以无情的远离使桥感到震动。

而在爱情面前，我们突然
成了盲者：我们的手纵使相牵
也无法穿过夜与死亡交织的雾
认清身旁苍白模糊的面容
火的门永远为格格咀嚼的声音
开放，死寂中闪现的点点粼光
就是远离之船狡黠的微笑。

［1990年］

风声

在黑暗中复归的风声
是披挂舞蹈之魂而归的风声。
亲切和安详，都印在天上，
被林立的耳朵吞咽时
已经是多么地异样。

感动的不仅仅是树。
我们从风声，从灵魂之侧
听到一柄利刃坠地的声音，
嗜血的利刃，像挫败
和荣誉那样委地如泥的无声无息。
而死亡在树梢那边哗哗抖动，
亲切又安详，让我们
能够和周遭的尘土轻声谈笑，
“贫穷而听见风声也是好的。”

一种被混淆、被伤害、
被粗心的人随口叙说的声音。

亲切而安详的风声里，谈笑或倾听
都更像等待：利刃坠地，
停止生之舞蹈，剑之舞蹈；
停止水中奋力溯游之狂烈高蹈；

而等待兼天涌来的风声，
等待树的和歌，灵魂的和歌。
等待时光这样一点一点地逼进午夜。　［1991年］

丁家房（组诗选一）

冬肥

把铲子锐利的刃边插在下面
轻轻一撬，它就整体脱离，
只留下路上的一圈白霜，好像

成熟的痂从清晨的手肘或膝头
揭除，拒绝拖泥带水，
不痛又不痒。金属样的回声

微弱又明晰，多年后
我在三藩市一处民宅的后花园
用餐刀、改锥和锤子的组合清理炒锅，

当一大块烧煳的板结油垢迸射到
脸上，我又听到了它。
它翻转过来，像一个倒置的穹顶

或一只遭耍弄的乌龟，

（当然，这只是就牛粪而言，）
直到被我铲进土篮，才会安稳地

等待下一个同伴到来，祈望着
它不会有一个令人烦恼的复杂形状，
被严寒定型。如果天亮之前

再没有一挂大车哒哒经过，我就将
带它们回去，丰富我的库存，
只等开学的那一天

挑着去交差，看体育老师唰唰两下
把它们扔上占了半个操场的
棱台形粪堆：一座雄伟的冬肥巴别塔。 ［2011年］

法国日记（组诗选一）

在天主之家

她没在货架一角摆弄八音盒。
另一个也不见踪影，庭院里满是人。
我们在天主之家失散了。

他们坚持称之为疯人院，
以证明割掉耳朵的生活也是

值得追捧的；而我更在意

时间的包缠：十二月二十三日，雪夜，
从母体分离，柔软而血腥，
把揭开手帕的女人吓个半死。

他的疼痛把这里涂得太亮了，
粗俗的点彩僭越着修拉，一如我去寻她们时
不知不觉横切过高更从阿尔勒

败退的路线。我们应该走了
三个方向：一个去君士坦丁浴场，
一个在夜间咖啡馆婉谢

旅伴买给她的冰激凌，还有我，
两次从大斗兽场折返，
对路过的罗马剧院无暇一顾。

像作为静物的向日葵重塑耐心
和热爱那样，为阖家团聚，
我们先要回到疯人院。 ［2013 年］

成长十八章（组诗选一）

橡皮奶嘴

在南门外小馆子，我借着酒劲宣布
要为你写一首长诗，
像“水银柱下降”一样感人，

但更有深度，名字就叫《橡皮奶嘴》:
从你拒绝虚假的决绝方式
向平庸之恶的回溯。

“这将是一部二流作品，”
乌鸦嘴女士的插话总是不合时宜，
假深沉先生也随声附和，

专门扫我的兴，扼杀了它：
以二流之人的二流见识。
所以几天后在隔壁，就是

他们要服务员往汤里加白菜（和排骨）
的那家，当我给她讲《西省暗杀考》，
她心不在焉，严重走神，

我大为光火，新账旧账一起算。

后来，北四环贯通，将我们统统驱离：
小酒馆关张，我们的伟大友谊

移师小南庄、巴沟和金源，
诗去了远方，诗意则退守内心；
直到上次，你在海底捞

跟假先生频频举杯，结果大醉，
被乌女士挽着手送回家——
你已长大，他们在慈祥中老去，

三口同框，其乐也融融。
你已长大。呸！我们吐掉
嘴里塞着的各式橡皮奶嘴，

以自己的节奏前行并
品嚼虚无，随便四环路在身后
按喇叭，谩骂。

［2016年］

橡　子

*

橡子，原名蔡方华，1968年生，湖北蕲春人。1986年考入北京大学中文系。现供职于《北京青年报》。著有诗集《致命的独唱》，长篇小说《脆弱》《水果》，随笔集《王菲为什么不爱我》。

朝向天空的旅行

我已尽我所能
做了朝向天空的旅行
踏着金星和露水的台阶
我的手指摸到了上帝
子虚乌有的蓝色长髯

我已尽我所能
向最黑的黑夜，最深的深渊
和最空虚的空间挺进
原谅我，如果苔藓像潮水一样
漫上我的双颊

如果我和火焰有太深的盟约

又披了一件风的蓑衣
如果我执意要穿越沙漠，执意不肯放开
云朵的缰绳
如果我追问太多，捏紧了

世界上全部的疼痛，像捏一个雪团
原谅我吧，我已尽我所能

秋天的刺

回忆折磨着我
我的脚折磨着大地的皮肤

一根刺在我肉里
秋天的刺。像时光一样长，像时光一样短

而天国的风横扫一切
把我埋入泥土
又让我在蓟草的根部翻过身来

如今是冬天。很多年前的冬天
海岸把扑过来的尖牙利齿
的浪花不断搬走

搬走圆圈和孤独

好人的黄土

如果我能拥有一个夜，我要做一把
好人的黄土，捏成马
捏成马鬃纷披的河

请风来拍一拍我唐突的骨骼
请天空借我一把饥饿的铁钉
我是奔跑的云，受到打击的火
是因诉说而感到疲劳的嘴唇
我是吹笛的人，又是撒灰的人
有着大理石的忧伤，火焰的河
有着火山的心脏，落日的河
有着风的纤绳，情欲的河

注入死亡一样，我将注入无边的沉静
我疯狂的四蹄注定要在今夜打成
我踩着群星，踩着万人的颈项
奔突，狂放，自由，但给一个冬天的深夜
跪下四膝。那不能带走的天空
我将咀嚼。那不能咀嚼的群山
我将揉碎。那不能揉碎的点点水星
我将夜夜播洒

像一场无边的细雨

洒在万人的坟头

四分之一

骑青牛的人，吹笛的人，“四书”“五经”中的
纵火者，在祖国的河流两岸
逡巡。一场没有尽头的战争
夹在这本书的封面与封底之间，杀声震耳
你就等着吧——得到的只是黥刑和流放

这个活生生的世界于是分成黑和白。两条鱼
两股风在胸腹间纠缠，仿佛眼白
和它的盲目，唇齿与砸在舌根的白毛钉
仿佛火焰与它脆弱易损的炉灶
无边无际的欲望与它的疲倦

梅树下，有人在燠热的午夜叹息。
只是不明白为什么一个得到指点的人
会在码头燃烧那么久。
为了把这多梦的肉体炼成一把剑
得耗费多少上好的木料，多少血，多少硫磺？
只能说这是一场搏斗

在下一个日出之前我也许该做点什么
把《道德经》读一遍，或者为一只投向靶心的鸟

剪剪翎毛，但隔世的人犹在争辩
一个穿树皮裙的老者在坟墓里轻轻嘘着：
是幡？是风，还是心？如果你试图进入漩涡
你也许成为智者，要不就是个疯人

只是无法找到一声更内在的叫啸
让光线在笛孔中有力地弯曲，吐出薄雾
带出言说中的积垢。
在背弃天空时我已和大地失之交臂
在背弃梦时我也和生活失之交臂

圣者！凭着这条险恶的道路我怎能指望更多

让一阵飓风把我们肺部的沙洗洗干净

千年过去了，这是另一个带苦味的夏天

一本书我只是翻了翻封面

东方之墟

林子里坐满了听不见雁叫的人
但秋天依然来临
遍地枯草吃尽了苦头，却没有收获什么

通过一条隐秘之径，我找到
一泓老皱的湖水
找到石塔，塔上的风，以及风中的自由

时间从不自由。日历翻过
凄厉的鸦啼将繁花声声超度
只有那些大理石，历经风雨，又露出妇人的洁白

没有人存心纠缠旧账，我却不禁发问
如果我不曾点火，祖国的屋顶
为何冒烟？鸟巢怎么会筑在美人的发髻

如果我不曾填放炸药，平地里哪来雷声
脸颊怎么会红肿，现在耻辱的火印
如果我不曾用荒淫的手抽走大气

我们的头顶怎么会如此空洞，妨碍
思考和呼吸，妨碍
粗壮的植物在此生育儿女？

并不缺乏戳着别人鼻尖的手指，像一根
得意扬扬的大葱，并不缺乏无端的流连
无端的阿谀和颂词，我只惊讶于

你内在荒凉的美，放诞的美，紧咬牙关的美

当内心不断地滤出毒药
你的表情依然如此恬静，如深水中的一枚鱼雷

当刀锋在沸水中变弯，手指剧痛
你如何能在鸟翅的阴影中得到抚慰
并在这个巨大的废墟上，用轻微的鼻息吹动大雪？

在询问中，我的表情变得古怪
高贵而又可耻

［选自《北大诗选 1978—1998》，中国文学出版社 1998 年版］

熊　挺

*

熊挺，1986年考入北京大学技术物理系，出版诗集《异乡纪事》。

灰色水波上的夕光

灰色水波上的夕光　闪烁不定
映出火炉和咖啡壶的背影
黧黑的码头泊满游艇
最后的余烬终于照亮了窗子

暮色的水边哪，天空弯成拱门
像巨大而和缓的旋风　坐在
中间，我们不禁扪心自问
是否失去了目标就难以生存？

教堂站立河边　像利剑般沉默
昭示着箴言　爱情和哀歌
倚在旧栏杆上的妇女
褪色的衣裙浮在风中水面

夕光将逝　但水波依旧
帝国的机器则永不停息
绷断的旧缆低声说道：
“我曾抗拒强权，至死不屈”　　[1996 年]

菲尼克斯

菲尼克斯，此时，我不知道
你是走向死亡还是重新获生
峡谷黑暗，荒山燃烧
在你的腹地，我孤身一人

你神话之鸟的名字让人
想起残忍而虔诚的活祭
或许上苍从未为此动心
人们却永远失去了最美的少女

来世遥远　但并非无法企及
重要的诗接收死亡的勇气
每时每刻期待奇迹发生
内心有失望，生活是意外

灯光摇摆不定　而路只有一条
峡谷黑暗　峡谷黑暗　星光
浮泛旋转　自由的风声传遍大地

“天堂闪耀，它仅有一步之遥” ［1996年］

给O.T.

像一片石头，嵌进飞机场边的空隙
刻出一头鹰，伸出一侧翅膀
向你感激，黑夜赐予的灯火
天空平静的双手松开了我的结局

倾听着雨，倾听着你脸上的微光
漂亮的岩石在秋天泪流满面！
你移动的声音，是无情的钟表
计算我的生命和水里的头发

“我将用下肢行走，上肢荷物
我将在最后的时刻之前来到
我是叛军中的行吟诗人
梦见了你，和你写给我的诗篇”

无尽的细雨啊，讲述着天堂故事
灵巧的蜥蜴穿过地板和暗角
你合上信封时已经沉沉睡去
水漫上了壁炉，但火光依旧 ［1996年］

文　钊

*

文钊，笔名谷行，1968年生，四川射洪人。1986年考入北京大学中文系。20世纪90年代初开始出版和发表作品，诗歌、小说散见于《诗刊》《散文诗》和《山花》等。曾任中国文学出版社编辑部主任，现为北京时代光华图书有限公司董事长，初岸文学创始人。

空无十三行

揽镜自照
你所凝聚的时光
表明青春还在继续
虽然露水已惊人地黄亮

恍惚间我想对你说
　风浪和沟壑
　沙漠和蜃影
说雪崩的那个晚上

明月淡淡的桂影曾经香馥
某人的寂寞　像火光

蜿蜒在初冬的河岸
　照见河水如镜子
　　照见光亮

梓江

不像是一条河流
除了故乡的土地
它同时也流进我的脉管
流进我入世的第一声啼哭

不像是一条河流
温存的梓江　狂暴的梓江
父亲的渔网网不尽的梓江
我的笑容映在江水
我的眼泪落入江水

童年的梓江　少年的梓江
我偷偷爱慕的姑娘成长、光华
衰老在其畔的梓江
我父亲的遗体沉沉渡过的梓江
不像是一条河流
是梦、鼓和玫瑰的渊薮

今夜大风吹过梓江

今夜我站在桥上眺望
不像是河流的河流
满天星斗游戏在水上

?

人醒了

梦怎么办

韦　予

*

韦予，原名孙承斌。1987 年考入北京大学中文系。毕业后到新华社工作。

七月

一些人坐在尽头剥玉米
在梦的尽头，光从那里来
挥动沾满灰尘的手臂
半透明的玉米叶被光照亮
在尽头，声音沿着光，走来
很慢，仿佛有病。
一些人在尽头剥玉米
没法看清他们的脸。

剥玉米的人，挥动
沾满灰尘的手臂，在尽头
仿佛刚从坟墓中回来
被我从一个缝隙中见到
一座玉米山已经落成

在梦的尽头，金黄的山
光从那里来。剥玉米的人
还在挥动手臂和叶子
这样更没法看清他们的脸 ［1990 年］

穿黑裙子的卡秋莎

穿黑裙子的卡秋莎像一棵小松树
在我的后院里，长了很久
压在肩上的阳光让它觉到了沉重
像上个季节的飞雪她摇晃着把它们抖落

从墓地里回来的卡秋莎像一棵移动的小松树
窗外无人料理的后院里她开始呼唤我的名字

这是一个夜晚刚走，一个白天刚到的时候
像被雪压过的卡秋莎，唯有你如此美丽如此长久 ［1991 年］

教堂台阶上

一根稻草从塔楼飘落
明亮的手掌水面上栽种
十二粒钟声连连托起
缓缓降临的天国的稻草
落上大理石台阶，悄无声息

身子月光般细长
头颅碎成三块
浑浊的人流寂静翻滚
像幽蓝的鬼火时明时灭
沾满泥浆的雨靴结起冰凌

一个挖空的夜晚，先知的
脑壳里即将漏进远祖的阳光
风琴手五指不全
像蝙蝠张开阴冷的双翅
琴声起伏，一扇门拉开关上，不紧不慢

时而吹满扁扁的身子
时而压上狭窄的胸膛
谷粒全无，双臂在琴声里伸得更远
犹如重新种在地上，这稻草
双脚冻结在泥水之中 ［1991年］

哀歌第四

但雨滴是空的。落在五月的核桃上
照亮的茸毛把雨滴刺穿

五月神圣的家族：复仇的弟兄破天而降
冰冷的头颅砸在年轻气盛的核桃上

破碎的雨声仿佛核桃掉在地上

我看见空空的雨滴被茸毛穿破
我听见五月的头颅砸在另一种头颅上 ［1991年］

李　方

*

李方，1968 年生，祖籍山东，生于北京。1987 年考入北京大学中文系。曾任《中国青年报》评论部主任，现任腾讯网总编辑。

我看见一些影子

我看见一些影子
在天上游荡
一些衣衫褴褛的影子
关在天上的监狱里

我看见天上有一座监狱
鸽子挂着警笛穿梭巡行
被囚禁的自由面目全非
于是我看见了一些影子

我看见一些被腰斩的影子
一些身首异处的梦想
我看见失眠症在监狱里蔓延
我看见一双失神的眼睛

我看见一双失神地瞪大的眼睛里
有一个失魂落魄的影子
一个代言的扮演者
一群四散奔逃的影子

我看见了一些影子
我看见了一阵风
我看见了一个灵魂的寄存处
天上的监狱出入自由

长吉诗意·爱情之一

爱人的目光是一把生锈的刀
一把狭路相逢的刀子
黑夜里传来削金断玉的声音
长发飘落如同逝水如斯

月光冻结的寒鸦的惊啼
坠落的冰凌一片削金断玉的声音
午夜席卷了心尖的木屋
一把萧瑟如秋水的刀子

走投无路的情感猝然跌倒
抬眼是一天四散惊逃的星星

海　客

*

海客，原名王旺桂，1987年考入北京大学中文系。曾获北大第九届未名湖诗歌朗诵会创作一等奖。

遗嘱

土地失去了
用欲望能代替它吗?
　　——海子《土地》

玫瑰栽植的夏季在果园中
漾溢酒香、花香和少女的呼吸
她们的生命之杯圆润
像汪汪的水涂抹青瓷
像她们夹在书页之间的唇吻
我穿着上帝的鞋子瞌睡
果园、尘土与风在肉体之洋航行
我的语言包在风中
这便是果园的夜
忆起上帝和被上帝忆起的时辰

少妇的美在天国的眼中显现
那是犹大所象征的年龄
我出卖童年、无知和清纯
在青草的露水里扼住鹅的脖颈
羽毛洁白的鹅与红色的血
叠映我的少女、少女面颊的红润
呼吸彼此的呼吸
渴饮彼此的眼神
以朝日为食以黄昏为家
我们是夜的儿女在天明找寻父亲

中世纪的城堡在天空上
唐璜的旗帜猎猎作响
美丽的雪无罪的羔羊
神的祭坛上“征服”苦难而辉煌
而我在世纪之末的丰收
已不能挤进神充盈的谷仓
街心花园的金合欢与幽会
仿佛肉体的影子、岩石的梦幻
我们自作多情地做爱
宛若痴迷的孩童收集阳光

女人，如今只有她们的体香
行在水上如上帝的灵
充满终与始的壕堑

我的儿子这便是我的遗产
你收集它们制作它们
成就你的神——我称之为欲望
尘土与风不再是大地的元素
燃烧的火拥抱、爱抚果园
我的儿子裹着你神的毯子入睡
睡前要反复念诵我的诗篇 ［1990年］

伤感的女人和她的菜篮子（选二）

伤感的女人

伤感的女人清晨即起
上街买菜和水果

螃蟹爬过紫色的黄昏
口吐紫色泡沫孕育夜

伤感的女人镇日回想
橘子何时伸出他们的脚

音锤曾多次敲打窗帘
浑圆的睡眠为蓝色光体包裹

伤感的女人一言不发

红鲤鱼溅她满身水花

今夜她将敞开窗户
看星星怎样化作冰雪飘落

怀念橘子

橘子就像那些美丽而脆弱的事物
悬挂在青春和成熟的枝头
她们肆无忌惮地金黄
烤灼着守林人的秋夜

于是我们开始面对橘子
面对使我们手足无措的滚动
而此时她们伸出腿脚
走出瓷盘走出这间小屋

碧水浇铸的夜梦里
橘子和笑声铺满沙丘
一瓣瓣撕裂的诱惑
织进了折损翅膀的天空
在伤感的女人的回想中
我们静静地怀念橘子
因为接踵而至的节日和话语
已吞没她们黄金的内核

杨铁军

*

杨铁军，1970 年生，山西芮城人。1988 年考入北大中文系，大二的时候开始写诗，1992 年在北大读世界文学硕士，1995 年赴美国爱荷华大学攻读比较文学博士，后退学从事软件咨询开发工作至今。个人诗集有《且向前》《蔷薇集》《和一个声音的对话》《我知道鱼的欢乐》。译著有《林间空地》《电灯光》《奥麦罗斯》。

蔷薇

你这独自开放的蔷薇
难道不知你只嗅到自己的芳香，
外界的图像都不能与你并列？
此刻，你是万物的中心，
全部的大气，无声地向你会聚，
在你与万物之间奔动着看不见的
千丝万缕颤动。
而你纷乱的花瓣，微微向外张起，
你内部的力逐渐延伸到表面湿漉漉的花粉，
在一种微妙的平衡中撑起一朵蔷薇，
给自己的生命留下一块孤独的内核。 ［1991 年］

从月亮的门走来

从月亮的门走来，
沿着高高的道路迎面走来，
像红色的森林，摇晃粗大的臂膀走来。
包藏恶浊的大风，
黑潮的星星是狼群的眼，
像一个巨大的轮胎，
带动闪亮的铁钉，张牙舞爪的图案，
肮脏、粗暴地走来。
太阳被撞在一旁，
光线像血红的头颅滚动。
从月亮的门走来，
沿着高高的道路迎面走来，
黑褐的泥浆血浪翻滚。
带着黑熊的体臭和地下的霉味，
像一座巨大的房子，上下颠倒，
四条柱子慢慢走来。
什么都没碰到，
它只是走来，像一个黑夜的口袋，张开大嘴，
吵吵闹闹，旁若无人地走来。 [1991 年]

永逝

这一天理想成真，

喜悦撼动着树枝。
远方变作近景，好像镜头向外轻拉。
不容易，不匆忙，脚步轻盈。
不为人知的尘埃缓缓飞扑。

一段军乐埋葬过去，
一把把铁锹刺向记忆。
仰头观飞鸟炸群，低头是众花婆娑。
我的祈祷业已抵达
人生终将丧失的目标。

你的爱毫无色彩，你的恨业已消弭，
渴慕的太阳越发沉稳。
这一天安静下来，无比美好
谛听岁月达到的宽度，
让尘土收容不安。 [1995年]

你掀开我灵魂九曲连环的入口

而这正像我始终好奇的那样：当我

看见你时，我已在你之中

1990—2017

冷　霜

*

冷霜，1973年生，祖籍重庆，生于新疆库尔勒市。1990年考入北京大学中文系，2006年获北京大学文学博士学位。中学时代开始写诗，大学期间参与编辑民间诗刊《偏移》，诗作结集于《蜃景》，曾获刘丽安诗歌奖、首届“诗建设”诗歌奖新锐诗人奖。现任教于中央民族大学文学与新闻传播学院。

梳形桥

风从对立的两极
缓缓吹来
　　——马克·斯特兰德

积郁已久的鼻孔和柿树和长椅
这是一场简朴的婚礼
一个驼背的女孩担任临时的侍者
匆匆走着
顶着一只洗净发亮的杯子

醉汉在墙根低声呕吐

低声弄湿了黑色的礼服

他发现墙上有一道豁口在张开
有一个黑影在墙外
背着身
拴马
他感到带有肉翅的幼鼠
正踩着他的头跳舞——
那人会从这豁口跳过来！

雨水腾出一间空空的屋子
而那人只住短短一夜　　［1993 年］

影子的素描

一

星座闪着铁轨的光——
他坐在窗口，为什么会觉得
一只细颈的空瓶在体内颠晃，
似有一列火车载着它疾驰？

安静。飞行。在影子中延伸的
影子和与巫术一道失传的时间：
他所迷恋的事物他无力描述。

清漆香味的天文台在露水中风蚀。

他能抓住什么？寒冷的节日
速滑的夜，一个让他联想到
猪形扑满的女孩骑着刚粘的信
擦过他，像一团幽蓝色的负离子！

——变成个邮筒，多好。
他悲哀地把自己喻为一枚笔误。

二

她梦见在树木中轰鸣的列车里
跳下一支军队，挖掘她的脉搏，
那些被雨洗亮的油绿车头
是细菌，由她传染给她的恋人。

“爱一个人意味着被自己迷惑，
被爱迷惑，而爱就是剪贴，是碎布头、
剪刀和电影，是所有规则的东西
被打散因为爱就是规则。”

她把一半藏匿在影子里，就像
风景要居身于寂静，但她也会羞耻地
梦见在刚发动着的拖拉机里读信，

然后又察觉她或是她的外祖母
坐在台阶上纺纱，恰似那线团：
臂膀粗大，兀自唱着木芙蓉之歌。

三

在下一个故事开始之前他有一阵恍惚
而纸页蒙上新的灰尘。前额上
老虎的寒毛越来越长，他的面孔有
越来越多的面孔进进出出。

隐秘的庆典。比他所邀请的更多，
烛光簇拥着舞伴。风摇动房屋
发出浊重的声响，柔软的钟舌
从探戈里猛然偏过头去。

回音使房间有如仓库。总有一天，
为他开门的会是一个影子：
命运指引命运，书繁衍书，一支小火
被点燃是借另一支要寄身其中的蜡烛，

这靛青色的三位一体，这教堂，家，
牢笼，他注视着，充满惊奇。 ［1995 年］

母女俩

太阳很大，但近来她的脸上总是阴天。
它曾经很光滑，先是岁月的旱冰场，后改作
化妆品的小公园。她冷静地看她女儿的
一招一式，比旁边的母亲们更加老练，
心里却盘算着回去买菜和做饭的时间。

“滑吧，别怕，慢点”，为什么微笑
就像系紧在冰鞋里，又如何优雅地将你的小脚
不可控制地推向终结？远远地，向松弛的双臂
张开双臂。火车呼啸，带走阴影，
下午还长，你健康的肤色以后会使你忧愁。 ［1997 年］

我们年龄的雾

它是怎么来的：这是一个谜。
并非无法解开，只是我宁愿
为自己保留少许神秘性。

如同一只蜗牛，顺着台阶，
贴着墙，我目力所及之处
都已留下它牛乳般的痕迹：

我有意忽略了它的重量，

不过，这倒是因为我深知
它的力量。我已领略过多次。

同样，我也从不担心
能见度之类的问题：我注意到
在它腹中有一所漂浮的邮局。

就这样，一日三餐，夜间散步，
睡前读几页帕斯卡尔。
窗户开着。我感到了变化。

因此我一度最感兴趣的是
它的边缘究竟在哪里，
结果总是使我暗自惊叹。

而现在我已有信心把它装进
口袋，像一盒火柴，可以照明，
可以取暖，可以做算命游戏。

并且我允许它变作一只蚂蚁
溜出来，看着它从我的手臂
钻进我的胸膛，我承认，痒——

你掀开我灵魂九曲连环的入口，
而这正像我始终好奇的那样：当我

看见你时，我已在你之中。 ［2000 年］

重读曼德尔施塔姆

载重卡车的轰鸣在远处
像海涛拍击海岸。
只有我一个人，这一湖新冰
和大地一起微微震颤。

多么好，尽管光芒细弱
却仍把它无数年前的温暖
溅进我眼里，我看见摇曳在
凛冽的气流中，一颗星星的尖脸！ ［2003 年］

冯永锋

*

冯永锋，1971 年生，福建人。1990 年考入北京大学中文系。1995 年至 1998 年在《西藏日报》工作。1998 年至今在《光明日报》工作。千里马基金发起人，公益行动者基金发起人。2006 年至今，致力于民间环保与民间公益的研究与协作。出版《做环保，要趁早》《为民间环保力量呐喊》《没有大树的国家》《鸟鸣花落》等环保书籍 12 部。

玻璃动物园

玻璃动物园里你什么都可以养
那些早已灭绝的，或超现实主义者想象的怪物
以及让你心内打鼓的新东安市场

考古学家证明我们的前辈
那些树上的男爵，曾在树上讨生活
它的兄弟们在水里游或天上飞
它们不知羞耻，耽于淫乐

他们挖出一些原件，但制造更多的仿造品
模拟贵妃出浴，鼓励买票参观

还养出其他的纪念物
比如陈希同儿子陈小同的自述
慈禧用过的擦脚巾

于是界限就清楚了：世界跟我们
毫无关系。是别人创造奇迹 ［1996年］

六翼天使

女人原谅一切，如国家领袖
似是而非的爱情，拈花惹草的习性，
到处长大的孩子和左邻右舍的私心。

男子汉们泡在蜜水里长大，
幼有母亲，大有姐妹，
未到成熟就有媒人来提亲，
而老朽时，女儿会来给她捶背。

谁用“原罪”给她们打上了耻辱的烙印，
六翼天使也抹不去这旧日创痕；
人们找到了推卸责任的好办法：
蔑视她们，良心获得片刻安宁。

罪大恶极的行为让我们不寒而栗，
在这共存的世界，

没有比侮辱更令人痛心。 ［1996年］

失题

开门与关门之间，你在屋里换洗
神话。只有梦可以比拟。一个代名词。
错过的事情可以补救了，如你缝衣服一样方便。

选择一种办法成为百万富翁
然后走出小屋，在门楣上留言：
“我会回来的。孩子，幸福只在
天上，你将来会知道。”

我那独处时很放纵的想象力
早已烧伤我的伪装，强迫我上街过
不情愿的生活。冰水冻坏双脚，
疼痛流不尽。一张改头换面的照片

你打开看看就知道，在街上
我见谁爱谁，见一个爱一个
坏天气，雨中的玫瑰 ［1996年］

胡续冬

*

胡续冬，原名胡旭东，1974 年生，重庆人。1991 年考入北京大学中文系，2002 年获文学博士学位后留校执教于北京大学外国语学院世界文学研究所。本科期间开始诗歌写作，曾担任北京大学五四文学社社长。出版有诗集《水边书》《风之乳》《爱在瘟疫蔓延时》《你那边几点》《日历之力》《终身卧底》《旅行 / 诗》《片片诗》《白猫脱脱迷失》以及散文随笔集若干，亦从事诗歌翻译。曾获刘丽安诗歌奖、柔刚诗歌奖、明天・额尔古纳诗歌奖、珠江诗歌十年大奖等民间诗歌奖项，曾在巴西、西班牙等国客座执教，参加过美国爱荷华大学国际写作计划、西班牙科尔多瓦国际诗歌节、荷兰鹿特丹国际诗歌节、西班牙加利西亚圣西蒙岛国际诗歌翻译工作坊。

水上骑自行车的人

酢浆草、马齿苋，
便于消化的夏夜气息
喂饱了她体内的小熊星座。
它打了个嗝，伸出爪子阖上了
她在这片长满斑秃的草地上
仰望天空的三角眼。

她懒洋洋地翻身，压弯了
一朵久未授粉的老黄花，
使得一股神经质的异香
开始在空气中说三道四。

他被一只鹰派的蝙蝠
误当作鸽派的同类
一路穷追不舍，直到
一个比他更失魂落魄的人
吸引了它的注意力。
他坐在草地上挠痒痒
回忆起刚才的惊恐，
明显感觉到有一阵
头上长得有犄角的小风
抵住了他的肺：那里面
藏着一本刚从国林风偷出来的书，
大段大段肉麻的文字
羞死了肺泡里的柳下惠。

他读出一身蚂蚁的时候
她也正从一束火焰中醒来，
他们几乎是同时看见：
当一只二十八星瓢虫从草地旁边
的路灯下消失，一个
在水上骑自行车的人

从前面的池塘一闪而过。
（令草地的斑秃骤然一痛！）　［1999年］

胖老头

胖老头的大肚子里
全是好脾气。他的啰唆
占掉了邮局售报亭一半的体积，
剩下的一半仅够那些比目鱼学生
在足球报上翻白眼，摇
民族气节的小尾鳍。必要的时候
胖老头会在他喉管的哮喘里
腾出一条胡同，挨个散发
零钱上热乎乎的儿化音，顺便
为本地新闻的爬山虎浇灌
茶叶水。除此之外，他都待在
柜台后面昏暗的咕哝里，
和另一个看不见的胖老头
慢悠悠地讨论隔壁邮局里的胖儿子
被脂肪阻挡的婚期，直到
和叙述一样缠夹不清的账目
再度变成高血压老伴的怒目。
有个很艺术的学生说他像
凡·高的架上人物，胖老头以为
他想翻翻高架子上的一本《人物》

“自个儿取吧，我太胖
笨手笨脚的耽误您工夫。” ［2000年］

附件炎

她的鼠标奔跑着鼠疫，
她的窗口弹开着创口，
她的狠心瘙痒着她的电邮，
使她发的附件都害上了附件炎。

附件炎！那尖锐的痛
是他仓促的器官在春游，
是她的桃花染红了他的谎言，
是他们的造化毁于山色有无间！

记忆的网络在不停地黑，
黑掉了她的娇小和她的鲜。
她白眼微翻，继续在键盘上
打落她满满一脸的怨：

“结婚……再见……去死吧！”
她的嘴角抽起一道闪电，
她的额头皱出一团浓烟：
是什么在驱动仇恨的内存，难道

仅仅是双腿之间冰凉的电源?
“不，是整个世界的不要脸！”
她猛然镇定，一个回车
转移了又一段闷热的阴天。 ［2001年］

王雨之

*

王雨之，原名王来雨，1973年生，江苏徐州人。1991年考入北京大学中文系，先后在《南方都市报》等单位从事媒体工作，现居北京。

三首缺乏想象力的诗（选二）

连云港 1989

在这个小岛的西侧，那条石板路，
就是二十年前潮水漫过，只留下鳗鱼、贝壳和它的硕果仅存的鞋子的路，
如今，它的两边有两排廉价酒馆。

许多人走过那条路，似乎没有事做。
他们都有着玫瑰红的皮肤，病死的那种，上面布满疤痕和水锈。
他们在酒馆里要来一瓶二锅头，付账，咒骂着儿女的不孝。
然后，就像我们有过的那样，他们会说自己走在云中，
走在美人妙不可言的鬓角唇间，

没有尽头。

他们中间有人说见过他，和他谈起过海，
关于淹死在客厅鱼缸里的小圆镜，镜子里眉清目秀的小情人。
当他在黎明解开缆绳，信马由缰—
飞溅的浪花，像他的后脑勺
在五月的忍冬树下，在群星容颜渐衰的媚眼里
膨胀。“世界地图的漏洞由谁填补？
历代盲人紧闭的嘴唇将在那一个妓女身上
依次张开？”她尚未诞生，已经歌唱；
他尚未出航，却已在卧室的犄角旮旯
寻找到足够的蜜蜡。那一朵朵
艳若桃李的浪花，风暴之后，
那一片片拼不成图案的碎玻璃碴子。

蜘蛛螺

它 很幸运，来到岸上便忘记了鱼美人的秘密，
像不知什么时候被埋葬的铜矛，
落落寡欢，节衣缩食，
陪伴遗失了姓氏的君王后裔
度过一迭没有筹码和歌舞的太平年。

它计算着通往地下河的铁路里程和火车票价，
计算着它的马蹄形小银币在另一世界的
贬值速度。它的骨骼已经石化了三分之二；它在慢慢走近—
冰凉的土地上，容颜

像未亡人在坟头点燃的纸钱，只能飘荡，不能抚摸。

有一天，它听到了鹤嘴锄与页岩合奏的小猫波尔卡。
有一天，它 见到了久违的断线风筝。
阳光下没有新鲜的事物：
上帝高高在上，可爱的鱼们在海洋与锦帐里杀伐，
植物像拥抱天空一样不放过一个傻瓜，

而那些考古学者、海洋生物学家、制作工艺品的小商贩，
他们瞧 着它。根据波提切利的构思，
它仅仅搂住天鹅绒温暖的脖子；
展览厅的另一侧，那位站在贝壳上的处女无声地抽泣，
为了失去的双臂，也为了因寒冷而不停收缩的小乳头。

［1996年］

许秋汉

*

许秋汉，1991 年考入北京大学社会学系，曾任《中国遗产》杂志社总编，中国国家地理杂志《博物》主编。代表作《长铁》、北大民间校歌《未名湖是个海洋》。

未名湖是个海洋

这真是一块圣地
今天我来到这里
阳光月光星光灯光在照耀
她的面孔在欢笑和哭泣

这真是一块圣地
梦中我来到这里
湖水泪水汗水血水在闪烁
告诉我这里没有游戏

未名湖是个海洋
诗人都藏在水底
灵魂们都是一条鱼

也会从水面跃起

未名湖是个海洋
鸟儿飞来这个地方
这里是我的胸膛
这里跳着我的心脏
就在这里就在这里
就在这里就在这里

未名湖是个海洋
诗人都藏在水底
灵魂们都是一条鱼
也会从水面跃起
就在这里就在这里
就在这里就在这里

让那些自由的青草滋润生长
让那泓静静的湖水永远明亮
让萤火虫在漆黑的夜里放把火
让我在烛光下唱歌
就在这里就在这里
就在这里就在这里
我的梦，就在这里 ［1995 年］

周伟驰

*

周伟驰，1969年生，湖南常德人。1992年考入北京大学哲学系，获哲学博士学位。现为中国社会科学院世界宗教研究所研究员。出版有诗集《避雷针让闪电从身上经过》《蜃景》，诗论集《小回答》《旅人的良夜》，译诗集《第二空间》《沃伦诗选》《梅利尔诗选》《英美十人诗选》。另有学术著作《太平天国与启示录》《奥古斯丁的基督教思想》等。

时代速写

当他们的嘴里说“不”
他们的心里说“是”

当他们的笔说“是”
他们的手说“不”

当他们站在炼狱里
被烈火拷问
他们同时发出两个声音：
“是”

和“不”　　［1993年］

河流

我常常想，生活中应该有一条河，在眼前漂着。

不一定要有船，从石墩上，可以看见水底的梳子草。

它不经心地蜷曲着，有时留下一个湖，象鱼在逃生时吐出的一个器官。

可爱的河，你无须唱歌，只要在我眼前闪烁。

我走过北方的原野，一千里的树，一千里的麦地，但没有河。

幽暗的马眼睛，幽暗的驴眼睛，在大叶杨树下，在黄昏干燥星下。

抚摸着家畜的毛发我感到血在缓缓流动，带着浓度，几近干涩。

灰尘结成土，土结成砖，砖结成城市，而人的眼里没有波浪。

当我回到家乡，在春天，油菜花怒放，在小小溪旁，在小小水塘旁。

当我再次看到你，涨着，淌着，摇着，呻吟着，曲着，挺着，张开着，

清澈的你，龌龊的你，淡蓝的你，油腻的你，可口的你，恶臭的你，

闪着光，在那山崖的拐弯处，在那小土坡下，在那犁开着的新鲜的沟垅旁。

当我从险峻的山腰，从胆怯的车窗里向下望，我看见你，修长而柔软，

我看见你，我一层层回旋下山，直到几乎可把手伸向你，拉着你

和我一同归去。

远去了，但那建在小瀑布边的水磨仍在响着，远去了，但水车仍在转着，

远去了，但在太阳的眼里，今天河边玩水的孩子和昔日的我有何区别？

有福的人，在你童年的门前有一条小河，风里、雨里、云朵下它自管自地流着。

春天鲷鱼拍打，秋天渔人撒网，夏天长腿的白鹤在水面上出神。

当你俯身流水幽深，打碎着自己的面庞，那是四面蜂涌的光，使你心漾动不留痕。

可爱的河，性灵的河，不息地哗哗响着的河，我要感谢你，有河水的地方才有生活。

［2002年］

信念的制造

《精品购物指南》制造出来的读者
在地铁摇摆，像麦浪。
手携《知识分子》第五期的知识分子
在外国思想里挺立，像一棵稗子。

“指南”头版，红歌星照耀着工体
宛如红太阳照耀着天安门广场。
三十年前向日葵们的后代

激动的脖子围绕着镁光灯旋转。
《井冈山战斗报》换成了网络和晚报
被饥渴的眼睛扫描。
文字传到心灵就变成了思想
供大脑咀嚼，把行为指导。

那个用进口手枪进行独立思考的知识分子
发现拉不开枪栓，对不准目标。
而他的邻居和老婆被宣传机器打印成一篇社论
对他蝌蚪形的念头嗤之以鼻。

年轻人穿着范思哲、格瓦拉的头像招摇过市
被姑娘们热爱，被傻子们高价购买。
思想工厂昼夜不停地生产着另类
像价格不等的三文鱼罐头，供阶级们消费。 ［2000年］

坐飞机从咸阳到燕都

坐飞机从咸阳起飞
在窗边读一部战国史。
此时秦军正步行，在潼关以内。
苏秦和张仪，骑牛车求职。
百里奚的背影远去。
宫殿里？小王子还在膝下嬉戏。
到了韩——韩非子对祖国的袒护

引起未来皇帝的猜疑。
到了赵，长平之战正在进行，
流血和流人血的，不久都将
荒草萋萋。老将军流下
漫长的眼泪，像日趋枯竭的
河水。现在，到了燕
它差点毁于齐，但很快要刺秦
易水闪着匕首的寒光。
中山国的铜鼎，业已深埋。
版图纵横如棋盘，只有
河水啊，没有祖国
鸟儿啊，没有祖国
云朵啊，没有祖国
它们流过国与国之间的关卡
它们飞过族与族之间的长城
它们飘过语音和语音的栅栏
在日晷上投下阴影。
是的，燕山远远地见了
月如钩远远地见了
但还不是秦时的明月汉时的关。
侠和士
还在大地上徒步。
匈奴的骑兵，还远远地伏在草原下。 [2008年]

雷武铃

*

雷武铃，1968年生，湖南临武人。1992年考入北京大学西语系读硕士。2002年考入北京大学外语学院东语系读博士。现任河北大学文学院教授。出版有诗集《赞颂》，译作《区线与环线》《踏脚石：谢默斯·希尼访谈录》，主编有同人诗刊《相遇》。

献诗

你挺立着，在我的意愿和世上某处。
既无法趋近，也不能驱除。
在肯定和否定之间的混沌里
你啊，是苦恼与闪烁的亲爱。

鞭策我醒来。空气向后流动。
大地上的一切：山脉、房屋、湖水与耕地
向后流动。在此处向别处的转换中
你啊，是动荡与纯净的飞行。

置我于安然。白昼的喧响沉落了，
夜晚升起星光和万籁。挺立在浩瀚时光

合唱中的你啊，在内心和外界的绝对之上
你是引领物质飞升的光芒。　　［2006年］

低语

有时候你是空气，有时候
是石头，在我心里。
有时候你是闪耀在初夏树叶上的阳光
摇晃我。

有时候你是成天昏沉的神思里
突然的唤醒，
是一股春天清新的风沁入身体
甜蜜的知觉和欲望绽放。

有时候你是一种边际，一种深渊
让我突破，沉陷。
有时候你是意识的缆锚，担保，
每天醒来时，让我搜索、然后抱住。

有时候你是奔驰的列车窗外
华北平原连绵的冬天。
纠结、裹挟着寒冷的雾气，又挺立着
落叶的树，在阳光照彻的坦荡土地。

有时候你是隐痛，是远离
是含在嘴里，却不能说出的名字。
有时候你是失去的家乡，永恒的参照点
测量我日益孤独的进程。

有时候你是热水淋浴而下时
突然的凝滞，是身体一直的震颤和欢愉
在原地伫立。
有时候你是火车经过窗外时大声的示爱。

有时候你是热闹的节日里私下的寂静
是伫望，出神，牵挂。
有时候你是大街上的堵车，窗口前的
排队，街树、行人、喧嚣尘埃之上的注目。

有时候你是错失，痛悔，
是校园树林里增多的月光让我抬头时
惊觉秋叶已稀疏。
有时候你是夜里突然醒来的恍惚，顿悟。

有时候你是一个墙体单薄的简陋房间里
纵情的欣喜，自发的歌声。
是沉湎寂静的圆满中，谛听世界
传来的声音；它们标出岁月静好的广阔度。

有时候你是时间结束后的惊讶，不理解。
有时候你是不忍睡去的深夜，
是欢会的高潮，是一朵轻盈、饱满的白云
不愿停下、不能停下、永远飘飞的渴望。 ［2011 年］

白云（一）

从北边的地平线，到四十五度角的高空
白云横布整个天宇。雪啊、羊毛一样的轻白
潮水一样的卷边，被偏西南的太阳照亮。
我们骑车向着它，感觉它正涌向头顶的湛蓝。

廓清的视野里，最远处的村庄，房顶和树丛
低近了地面。麦苗单薄的鲜绿，掩不住
条条垄沟梳齿状的趋向。初春扬尘的风
猛烈吹动白云下，清新阳光滋润的华北平原。

我们被白云浮载，以白云互赠。先是沿水沟
浇灌麦地的汪汪水流，然后被村子内部
明亮的寂静惊动。篱笆上麻雀和它们的影子
安然起落。最后，我们走上高高的河堤。

杨树鹅黄的嫩叶抖颤，堤边榆树才发芽。
几乎认不出来了，逆风而飞的麻雀，那么小
翅膀扑腾着阻在空中，细碎的鸣声飘忽。

恰如电影中那样，一个孩子沿长堤晃悠走来。

河底的流水细薄，不远，就消失在河滩干草
枯黄色的反光中。一座铁路桥跨过那里。
几个孩子在桥后边冲上冲下，被桥挡住
又出现在河滩。桥头，两个农民垂下脚坐着。

真羡慕他们，坐在那，好像就为隔着自家的
那片麦地，看阳光照亮村边自家的瓦墙。
看铁路穿过明净的午后，看辽阔家园的白云
使果园和标识道路的白杨，都低伏下来。

草芽从黑色的烧痕透出绿意。在路基下
我们找到了背风处。真美啊，让一切停下吧！
空中纯净的蓝色和白色光芒，随风涌动
我们因所见而目盲，知道光在看不见地飞逝。

一长列火车窗边的人被斜阳染红，匀速闪过。
白云没有涌至顶空，而是飘散成一朵朵
金色云团。五彩云丝的纤维横越过长空。
我们被天和地半球形的时光拥抱着，在旋转。 [2004年]

白云（二）

耀眼的湛蓝色光芒在河谷上空流溢。

一朵唯一的白云，色泽纯净、曲线柔和，悬浮在
北边合围的岭头后面、那座横亘半空的青色大山之前。
它在空中近乎不动。它的大片投影
像黑色丝绸，抖颤着从明亮的山体斜掠而下。
有一阵，消逝不见了。然后，出现在前面的岭头
从那里飘下，顺着河谷的东侧向南滑行。
现在，它高出了青色山体的背景，它的雪白
被天空的湛蓝映射，亮得几乎透明。
少年的我被惊喜充盈，它真的如我所愿向我飘来。
我惊异远处过来的云影那超然的神秘：
它不择道路，不避高低，被非凡的力量推动
无视稻田、山坂、河岸、田埂的差别，径自向前。
巨轮般压倒一切又轻盈如蝴蝶，梦一样
染暗白亮的阳光像风吹皱粼粼波面。
它向我飞近，速度越来越快
凉意夹着大片草叶细密的窸窣声
风一样，从离我最近的河面、稻田，过去了。
它的背影，飘上南边起伏的、白光覆照的山头。
在更南边白炽的空中，那形状已变的云，停留了一阵，
也消散了。天空只剩下唯一的湛蓝。
河谷张开着，容接垂直降落的阳光。
河边稻田璀璨的青黄，山腰油茶树坚硬油亮的深绿，
山顶松树闪耀的银光，渐次由低到高；点缀在
山间的红壤耕地、红薯叶玉米叶摇动的绿色
由近及远，绵延向远处柔和的草山。

这些不规则的坡面、色块、光斑，从不同的高低和远近
把它们变幻的反光折射向河谷，汇成浮动的斑斓。
我坐在西边山沿松树的习习荫凉下，能看到
炽烈光芒中整条河水的流向。
从北边合围的山底出来，两道平行的绿色河岸
在稻田间直行。不见河水，一道木桥横跨其上。
第二个转弯处，一堆白雪在那里闪耀，——
是河水从堰坝落下。寂静的空气震颤
落水的轰鸣声飘忽而悠远，分辨不出来处。
另一处河湾，河水在鹅卵石浅滩上流溅波光。
对面山脚北去的石板路上，打伞的行人就要折向木桥了
山坳上，庄稼中露出的半个戴草帽的身影，始终未动。
风吹草木，光的波浪起伏，从山坡、稻田一排排传来。
热烈的空气、蝉声，大黑蚂蚁爬上我脸。
噢，两朵新的白云，扁平如梭，一前一后，连绵着
从北边高山的后面睡梦般飘出。
一朵向东，沉入山后。一朵飘到了河谷上空。
那雪白的云朵悠然如万古，浮游于碧蓝光芒的无限。

[2005 年]

周　瓒

*

周瓒，1968年生，江苏人。诗人、评论家、译者、编剧。1993年考入北京大学中文系，获文学博士学位。现任职于中国社会科学院文学研究所。2006—2007年度美国哥伦比亚大学访问学者。自大学时代发表诗歌作品，1998年与友人创办女性诗刊《翼》，1999年获安高诗集整理奖。出版有诗集《松开》《哪吒的另一重生活》，诗歌小册子《写在薛涛笺上》《反肖像》，诗歌论著《透过诗歌写作的潜望镜》《挣脱沉默之后》，译诗集《吃火》等。写作之余，致力于诗歌剧场实践。

影片精读（选二）

基耶斯洛夫斯基：《情诫》

爱情中的少年隐蔽在一架望远镜的弹孔
他射向黑夜的执拗被什么改变？当哭泣
失去了声音的伴奏，一切成为需要想象
的距离。啊，观看中的距离，我赞美你

我质疑你。就像窗口代表敞开，而黑夜
暗示忍耐的时间限度。可是所有故事都

需要白昼舒展她那诱惑的肢体，呈现于
观看者忐忑不安的神情中。我终未离去

正如我从那自虐的刀伤中认识了一双手
从那剪辑了的结尾看到自己观看自己的
温情和无奈。爱情中的女子找回她自己

而窥视者的勇气不是面对他的行为真相
相反，伤痕、记忆和时间的惩罚捆束他
最后，我看清一双眼蝉蜕般从屏幕淡出

费穆：《小城之春》

黑白片时代的故事盛产怀旧的感伤泡沫
掉了磁的胶片更带来些许不现实的味道
久别重逢、意外的巧合，哦，尴尬处境
的线头。这使你变得游刃有余。穿行于

断壁残垣的家园，病体的隐喻缠绕祖国
而他们不相信这种颓唐的安排，电影史
书写着：格调不够昂扬，情绪不是主流
秋天的史册打开了它埋葬旧时代的一页

而追怀往事的声音存在，她边说边走来
走进一个封闭的家庭的衰败里，并在那

空无一人的城墙演习爱情悲欢。以醉酒
吐露真心，又以那新被发掘的深情平衡
未来的岁月。生老病死，爱情并非一切
我看见，那窈窕端庄的女主角登高望远　　［1997 年］

晨歌

从一只喜鹊的花瓣舌尖
弹响了清早的校园奏鸣曲
它晨读的嗓子里蹦出一串字母的
花样舞蹈，更多的是暗示
仿佛谁已泄露了梦游者的昨夜
行踪："深色庭院只有白猫
在巡逻"，蔷薇花挺着他们
芒刺的暗器。它喉咙的小径
也曲曲折折，缠绕着一个熬夜者
贪睡的上午八九点钟。
"如果我们确实是太阳"
如他所说，"那么体内绽放的向日葵
该如何转动她灿烂的圆脸
像露湿的大表盘"，而那惯于
恪守信条的旅行闹钟，从它的
后脑勺，用一把两地婚姻的钥匙
发条，递送来抚慰性的催促。
"不过是一种粗俗的现实模仿"

生活它告诉过我，对于鸟类的歌唱
测音器无法谱出它们的微妙旋律
同样，对于早晨醒来的梦游者
喜鹊的嗓子不过是一把用来
擦亮生活的皮鞋表面的刷子
行走着的双脚并不会显得油光锃亮 ［1998年］

翼

有着旗帜的形状，但她们
从不沉迷于随风飘舞
她们的节拍器（谁的发明？）
似乎专门用来抗拒风的方向
显然，她们有自己隐秘的目标。
当她们长在我们躯体的暗处
（哦，去他的风车的张扬癖！）
她们要用有形的弧度，对称出
飞禽与走兽的差别
（天使和蝙蝠不包括于其中）
假如她们的意志发展成一项
事业，好像飞行也是
一种生活或维持生活的手段
她们会意识到平衡的必要
但所有的旗帜都不在乎
这一点；而风筝

安享于摇头摆尾的快乐。
当羽翼丰满，躯体就会感到
一种轻逸，如同正从内部
鼓起了一个球形的浮漂
因而，一条游鱼的羽翅
决非退化的小摆设，它仅意味着
心的自由必须对称于水的流动 ［2000 年］

黑暗中的舞者

她剥落她自己，虽然她情愿
另一双手的节奏
她缓慢，又为这缓慢而羞惭
他的目光使她更快了些
但她转而选择了从容，她抬头

他在召唤，也是唤起他自身
她知道，他比她更急切些
但谁又能判断：到底是谁更急于承认
这样一种急迫性，难道不是她
自己？自己之内，又一个自己？

她的发触到自己的肩，细微的痒
撩起她的自爱：是的，她也愿
唤醒她自身，那被生活的壳

紧裹住的部分；不，她并不是在享用
禁果，她只是在揭开她自己

而他可会明白？他看，他的眼中
两束光，将这变暗的舞台
圈出两个圆柱的范围，供他们合舞
叠印，分离又渴望……他忽然想
是谁在担任这舞台的灯光师？

她伏倒，微斜，那耸出的
器官，部分地轻触着他的
肌肤，而他正在蒸腾
他不只用目光，他的双手羞涩些
也更贴切，但他怕惊动她，他怕太快

快，是一种态度，她从前想过
当第一次，她被一种蛮力左右时
她哭了，以为她已变成
一个可以完全交付出去的礼物
是的，婚姻有时就像是把双方当作礼物互赠

他以为，快，是一种力的表情，不单单
宣布了舞的节奏。他第一次裹住
一件小于他的形体，并用自己的钻，
去勘探，他看到了梦中的跋涉

哦，多么意外，一个女人是他的宝藏！
她为他的迟疑，虽然是在片刻中
感到欢喜，她可有海洋的深度？
她找寻他的手，帮他掌舵
他们的舞，要复杂些，切不可滑
到浅水中，他们的航船需要颠簸

他知道，他可以有他的俯冲
或翻腾，但不要偏航，有时候
天空会使他一阵茫然，而他的飞行器
需要开阔的自由。他微笑了
他觉得天空有时可以藏在一个洞穴中

她借助他的力，升腾自己的轻
他扎进她的深，倾泻自己的生机
她惊呼，为这播种的重量
而他叹息，那广袤令他敬畏
哦，从种子的睡眠里，他们起飞

他托起她，他们的支点稳沉而又惊险
他们把热度散发，舞的炫目浇灌着
黑暗；闪亮的背景，把他的目光吞吃
而她正在发光，她的波动更绵远
她旋转，奔突，跃起，光影凝滞着

他惊讶，欣慰，一时间忘记了
寻觅，他误以为已经找到；她的舞迷乱
他砰跳的心，暂时归于宁静
他总结：哦！舞才是她的灵魂
那一个个白天都只是些空壳！

“我在放弃”，她忽然意识到
舞引领她，舞改变她，舞找到她
而他像在等待，她以他为支撑张开了翅膀
当她起飞，她感到支点即将脱离
像携带着太空探测器的火箭

而他正全神贯注于这奋力的发射
有一刻，他凝住，像舞的定格
而她，感到一种惯性，已把她自己
推往虚空，灵魂出壳，是温暖的
温暖地带她返回，返回黑暗的静寂，与缓慢

舞如何支配舞者，他因为耗尽而苏醒
黑暗是否孕育过擦亮，她发光
并归于圆润：那时，他们更像两株
鲜亮的植物，经受了热力的雨，速度的风
在午睡的太阳里，月亮般轻轻摇晃 [2001年]

席亚兵

*

席亚兵，1971 年生，陕西宝鸡人。先就读于南京大学政治学系和社会学系，1993 年考入北京大学俄语系。1996 年毕业后进北京世界知识出版社工作至今。自早写诗，作品选入多种诗选和民刊，出版有诗集《春日》《生活隐隐的震动颠簸》和《林中小憩》，并撰写了不少诗歌评论文字。译有阿什贝利、帕斯捷尔纳克等诗人诗作，及纳博科夫小说《塞·奈特的真实生活》。

圆明园

初春的热浪涌入小巷。
圆明园行政村在园林西北
继续规化住户。村民有以
繁殖猪苗为业，在一个
干湖四周建起砖泥小屋，
屋旁堆满粗壮的树枝。

村庄四周，昔日园林面貌
依稀可辨。
讲究的造园山丘已经走形，

槐树林如蓬乱的毛发。
傍晚，黄沙满目，黑松岗上，
驴拴在那里，纹丝不动。

目睹此景，究其原因，我知道
是因为小河延伸至此
已全部干涸。河床被填，
而镶着图案的石子路依旧完整，
单孔石桥兀然坐在地上，
勾勒出小河当年的走向。

啊，多么让人不解的事情。就好像
这里遍布着甲鱼洞，或生着一种
春季长成的历史植物，
引来许多市民到此终日搜索，
它才被顺便认出，就像
拣到一堆院画中的瘦金的笔画。 ［1994年］

燕子飞

我们六月的光线累得蜷缩。
下午四点才舒展地打开。
这一阵有水上的凉风，
行至垂柳，
为听到你一引便出的笑声，

让我拿你说句笑话。

这时与柳枝构图的是一张秃顶，
用鹅黄色淡抹一笔，
便将成为乳燕的肚脯。
难得看清一次你，夏季。
空气中不再是腌菜大蒜的气味，
在家里他们还保留着老家的习俗。 ［1995 年］

使用邮政业务的人

在南方，你曾有过
与一小块色彩四处沾染的背景
共存的时刻。
我能在照片上感到阳光的凉意。
完好无损的视力屏着息
想潜入眼前那层明亮。

就是她。胳膊白里透红，
像鸡蛋皮。尚不知下一个动作，
看不出那次夜间匆匆的赶路。
离开此地密如席纹的灯火，在归途中
刚刚放松，正好赶上年龄
给一个人的胃第一次制造压力。
在北方，我感到你们一个省的人

在青黄橘红的山林中出没。
这样的事我已无心向往，它
驱不散一段黄金街面涌动的阴霾，
长不出五官的人们引爆一个个云纹气团。

我穿街走巷，想到将此时的状态
加以打量。临近一座摩天宾馆，
四周奢侈的空地让我听到了自己的声音。
你的时间是停滞的，就像
人们每在山路边建起一座石屋，
又将它废弃，完成了一次无匠心的
对时间的凭吊。在一个落满松针的山脊上，
我们度过了一个停滞的夏日中午。

邮政大楼将它门前的实景
微缩成墙上的灰铜浮雕。
也许在后面相机连续卷带，
发出嘶嘶声。我灌满了整条街。
最后坠入门中，那日复一日的房间的深井。 ［1996 年］

模拟的记忆

那些夕阳模糊的夏日傍晚
将我理出来，定格在
路人深深自责的目光里。

就我的资质，怎么都算不上疯狂，
可什么也没有发生，这
也并不是非常难以忍受。

我屈从了谁的召唤，他
还是远远赶过去时的漫长时光，
如果那是一种享受？小矮山
向外伸出一个鼻梁，引起
公路急剧转弯，
一下子辨不清了正东与正西。

也许他们就是一体，可又像
只是互相熟悉而已。
老林子里，稀烂的浆果弄脏了
路面。翻到阳坡，
短小的人工林犹如一大片木桩。
他仅用文字做过拘谨的观察。

在一切事情上都顺利，又脆弱，
这已很了不起。话说回来，
我也不敢把自己看成
感受力很强的那种类型，
虽然表面看上去完全吻合。

这种不求甚解的恬静

才恬静。满目柳树
没有那么高深纯粹。
桃园扑向远方怀揣喜庆。
我们脸上的激情
明灭不定地熟悉，在
老交情向浪漫转化之际。 ［1998 年］

错 河

*

错河，原名王晓东，1974年生，北京平谷人。1993年考入北京大学法律系。著有诗集《对岸》《冲积》《凌汛》，史诗《三联星》等。

月亮是节日的印章

天空是太阳的
和月亮一起分享

黑夜是月亮的
和星星一起分享

闪耀是星星的
和灯火一起分享

温暖是灯火的
和一家人一起分享

幸福是一家人的
和一个国家分享

开明是国家的
和全天下分享

和平是全天下的
才没有辜负正直的太阳

元宵夜的晚上
于是升起一轮圆圆的月亮
这是节日的印章
来证明所有美好的期许
都不是凭空的想象

星星如烟花一样
在天空里自由铺张

灯火如花朵一样
盛开在安详的晚上

一家人围坐在圆圆的桌子边
串起滚动向前的美好时光

国家摆脱了泥泞的轻狂
重新合力运载齐心的向往

和平的天下是我们共同的家乡

因为

我们有共同的节日

我们只有一个月亮

我们只有一枚共同的印章

我们

也只有一个正大光明的太阳

王　敖

*

王敖，1976年生，山东青岛人。1995年考入北京大学中文系，1999年毕业后赴美国留学，获华盛顿大学比较文学硕士。耶鲁大学文学博士学位，现任教于美国维斯里安大学东亚研究学院。著有诗集《绝句与传奇诗》《王道士的孤独之心俱乐部》，译著《读诗的艺术》、爱尔兰诗人希尼的诗集《人之链》。

绝句

为什么，星象大师，你看着我的
眼珠，仿佛那是世界的轮中轮，为什么

人生有缺憾，绝句有生命，而伟大的木匠
属于伟大的钉子；为什么，给我一个残忍的答案？

我曾经爱过的螃蟹

第一次出海的时候
我仅仅有现在一半的身高
舅舅把一顶海军军帽扣在我的脑袋上

然后跳到水里，跟随鱼群
去了哥伦比亚，失去了他
和他的指引，我很快就自由了
海里的火焰比绸缎还要柔软
有些亮光，来自我在压力中旋转的心跳
有只螃蟹来与我攀谈，它告诉我一个事实
几千年来，全世界的螃蟹都在向陆地迁移，这个过程很慢
它们并不着急，它们随着潮汐跑上跑下，只是在前海
向前迈了很少的几步，它说它爱我，希望我们能够
分享这几个气泡，一起上岸，在秘密的岩石码头上
微笑着，我和几千只螃蟹握手，我希望和它们一样
把骨头长在皮肤的外面，在脆弱的时刻，用太阳能补充盔甲中的钙
我们开始登山
　　　　　　　　　　　　　崂山的背面铺着一层墨绿
我们用手臂和钳子，震撼着它的花岗脉
当我赤裸的站在山顶，看到月亮正被一个黑影钳住
夜晚滴着水，它们沉默着，爬到我的身体上，让我轻轻的渗出血

回乡偶书

化鹤的朋友，无声地
停在我的影子里，那酒纹和水果色的
落叶继续飘进，压扁的暮色，飞机场外的亭子
推到一边收成雨伞——请让我送你，替我回趟家
飞去别的世界，又走回来的你

只好做恍然的，短暂的神仙，当众星吐辉
我也想骑上落叶，纷纷而去，仿佛思念可以推迟到
地平线之外，又退回生命之中，你的遥远

是无限的放松，互相拥有的那一刻；当我为不落的黑云
举杯仿佛举起手，投降着回答问题——是的，我也回去过

到处都是拦路的繁华，日妓的狂人，也是齐声叹息的正常人
还有腾起火焰的，内心的魔鬼在绣花，隔着一个旋转的村落
回到我的家乡——我在深渊里挥鳞，请你在我不存在的地方展翅

一个皇帝去找王敖

一

那飘忽的小灵魂，时常跳出我
蒙上眼睛就能看见它
如蝴蝶蘸着绿火，飘忽在
我的指骨间，是连我一起放飞的
风筝，宫女们笑着

裸跑在我周围，我捕捉着什么呢
这就是传言我风流的出处，我好德如好色

二

世界上最会服侍我的太监
是我内心涌动的阵阵狂笑
要忍住它们，只需要他的表兄弟
我眉间的一丝坦然，我已经
尽力而为，在镜子里左右研究自己
为的是你们我的人民

我巡游的时候，街道两旁投来的目光
在金币上继续印着我的侧面像

三

我钟爱的皇后，现在仍是最美的
最爱骑士的尼姑，如今幽栖岩谷，
曾经长如巴蛇，瞬间把我缠住
甩向遥远的梦乡，流放她
成了我的义务，毕竟我们需要
千山万水，才能保持思念
在我们已经修好的陵墓前

树有我披重铠她戴花冠的雕像
我在石头中稳握她的手

四

我的伟大不需要证明，
是我给予它定义，给它我的生命
创造我的神从不怜悯我，在短暂的
人生中成为他更有趣的化身
没有分秒的倦怠，没有迷宫
周围的迷宫是我的家，我甚至不需要卫兵
保卫我会让他们分神，来斩杀我的英雄
已加入了我的崇拜者

不如把迷楼也拆成图经，七十二式
绘有秦始皇来见我，询问海神的去向
我差点爱上年少的尼禄，我的友谊属于希西家王

五

我治理国家的时代已经过去了
我的无为已经融化进整个社会，黄金时代
已到了人们开始厌倦金色的程度
我开始烦恼，因为爱，我决定
在大街小巷中表演游泳
城中十多万蝈蝈般的儿童
必有一个说我没穿衣服
人们窃窃私语，早就误以为我本质上

也很普通，就像托尔斯泰不去幻想女人
而是描写拿破仑洗澡，我出卖了自己
我拯救了他们，所以我是耶稣和犹大的合体

六

你以为我是天才，你的错误非常普遍
天才是文化畸形的表现，独特是一种
缺乏信心的独裁，我蔑视
我哲学王的前身，苏格拉底发问之前
我代替他将酒一饮而尽
杯里留下的只有毒芹，意义
有一个无意义的朋友，就是我
就是我背后没有一个人，在黑暗的雨夜

我沉醉于空气中突然一阵离地飞走的地震
帮助我完成使命的，有无名的伟大作者
有写童话的苦孩子，有王敖

叶　虻

*

叶虻，江苏无锡人。1995年考入北京大学光华管理学院，2002年获工商管理硕士学位，原供职于北京四通集团，现旅居加拿大渥太华。诗歌和散文散见《南方文学》《贵阳晚报》《诗歌周刊》《中国校外教育》《东方文学》《北美清风文萃》《佛州经济导报》《蒙特利尔华人报》《南华报》等报纸和杂志；诗歌作品曾多次获得网络文学优秀奖，作品入选《中国网络诗歌年鉴》。

夜读

如果能在廊檐下一起听雨
这个夏季会有苦楝的味道
回忆在翻动的书页里
像灯影里的西厢
读到劳燕分飞处手可释卷

戏里戏外总有两个人的影子
可那么多的局外人
我们也混迹其中
故事落入俗套结尾处是纤巧的结

如晦涩的灯火和含蓄的街衢
安放下各自阑珊的我们

案头有那么多的飞蛾投火
那么多的自生自灭的文字

大海和你

如果你能画下大海
请把它送给我好吗
在你身边的它们是那么的安静
仿佛忘了上弦的钟摆
仿佛有许多话无法表白
你裸足经过的地方
我听见细沙崩塌的声音
你的脚印是地表最美的沦陷
也是大地上最美的行间距

你裙摆的飘动比幻灭还美
那是风的轮廓即开即灭的昙花
霎那间路过人间的荒芜和繁华

马　雁

*

马雁，1979年生，四川成都人。1997年考入北京大学中文系，在校期间策划组织了首届北大未名诗歌节，2000年与友人一道创建了著名的新锐文化网站“新青年”，2003年返回成都生活，2010年12月赴上海访友，在所住宾馆因病意外辞世。

将饮茶

为黄照静和我们共同的荒唐生活

眼看着，盛夏就要来临，
就要降落在我们想象中的平原。
唱着骊歌的密友们趁着黄昏，
走过平原上倾斜相交的道路。
那些道路最终分开了她们。
一个在伦敦喝下午茶的中国女子
以及另一个，在八宝茶里浪游。
她们通过茶，再次触摸了对方：
“我打算学学周作人，如果可能。”
仅仅是一转念，却成了转机，

面面相觑，或者心有灵犀；
大多数时候，老姜更辣；
下手要稳准狠，关键是见好就收。
经验已经总结出了千万条，
我们的智慧从来没有长进过。
忘记了，也就过去了。
读书，临帖，经风，拍案。
草稿纸上不知天高地厚的蓝图，
被残杯倾尽的液体浇灌。
无非是减肥冲剂，或者玫瑰花。
将饮茶，将饮茶，举一举杯，
照临一个途穷的天真，也就只是
一个过场，也就是我们所热爱的形式。
我们的生活和茶有关。
通过茶，获取钢铁和石油，
采摘成熟的、丰盛的金黄色，
获得幸福的生命之涯。 [2002 年]

樱桃

我听过痛苦的声音，
从那一刻我缓慢病变。
那是沉郁的哀求，
不带抱怨，也没有
幻想。痛苦就是直接。

而痛苦是没有力量进入，
是软弱，不敢顽固并沉默。
我不敢把手探入它的核心，
不敢挖出血淋淋的鬼。
眼望着谎言的清洁。

当时我哀哀地哭泣，
转过脸，以缺席
担演无知，人人如此。
这一切就在面前：
痛苦，或者空无。

今天，我吃一颗樱桃，
想起一个女人在我面前，
缓慢，忍耐尔后大声喘息，
她曾经，作为母亲，
放一颗糖樱桃在我嘴里。

我缓慢吞食这蜜样的
嫣红尸体。是如此的红，
像那针管中涌动的血，
又红如她脸颊上消失的
欲望——这迷人之食。

［2004 年］

世界下着一夜的雨……

为卓青

世界下着一夜的雨，
这寻常一夜——
有人在电视机前消磨着有益的人生，
有人在酒杯里沉没、浮起，
有人在欲望下捏碎懦弱、锻造自我。
这些并不仅仅是概念，
你会同意，世界必须归类。
我想着，仲春天气，园中的乔木，
水草，以及人在岸边舞蹈。
我们享受过的朗姆酒冰激凌……
如果把生活中的伤痛
呈现给你，也许就有变数。
但也许不，他人的愈合与你无关。
我迟疑在那个仲春，
温暖而黑暗的聚会，啤酒，拥抱，
早晨的口红，照相机。
中关村。与爱过的人一起吃午饭。
犹太史。闷热的咖啡厅。
全部的生活细节正在涨潮……
唯一的一个晚上：
你爬山归来，刚刚渡过一场危机。

你不是第一个，也不会是最后一个。
我坚信：
那一刻我与你同在。
那一夜的雨同样淋湿我。
你意味着不敢想象，
乡村上空的乌鸦是死亡的符号，
但未必不祥。
此刻我只能缅怀那只温暖的我握过的手。
你成为众人分享的记忆，
而我此生的工作是对记忆的镌刻。 ［2007年］

北京城

大多数是精确定义的符号，
一小部分是闲散来回的落叶，
这城市风大，喜欢旋转。
还有一些尘土，是从内蒙古来的
骑士，在这里做着古代的梦。
如果你在北池子，就能感觉到
南池子；如果你在钟楼，就能
领会到鼓楼；天坛和地坛
是一对不见面的夫妻，天天
通电话、发邮件。这城市被严格的
规则控制着，不允许脱离徒劳的责任。
有时候，也有美丽的瞬间

譬如银锭桥下狂欢的游泳者
望见月亮，就忽然
成了万众瞩目的中心。
有那么些人常常聚会，
无谓地研究问题，这城市
热衷于责任而毫无办法。
不敢再有人来这里，因为
它已经被毁坏。是多么无辜的处境……
让人痛苦地爱，绝望中一再重生。 ［2010 年］

曹疏影

*

曹疏影，1979年生，黑龙江哈尔滨人。1998年考入北京大学中文系，获比较文学与世界文学硕士学位。2005年移居香港。手作诗集《拉线木偶》《茱萸箱》，出版诗集《金雪》、散文集《虚齿记》、游记《翁布里亚的夏天》、童话集《和呼咪一起钓鱼》。曾获香港文学双年奖、香港中文文学奖、刘丽安诗歌奖。现居香港，任职编辑、记者，写作专栏。

新年

新年庆典结束
所有少年跑出来
积雪仍旧闪烁
清雪又下起
我来到马路对面的公车站
那一年我十四岁
所有语言都是新鲜的
世界如同公车在雪地上也能辨认方向
只要愿意，我还可以双脚轮换
滑行着回家

把无论什么车辙甩在身后
就是那样的那一天
没有什么不是容易起驶，乐于暂停
那一天我喜欢祈使句，它就是杏黄色的
那一天没有风，清雪就又下起
松花江的冰层下，跳动着数不清的鱼　　　　[2007年，大屿山]

小游仙诗（组诗选一）

Ⅱ揭开

揭开，抛掉，还有，
绿锦堆下挖金沙，
白雾里拧干一长束波浪。

有人驰骋于淋漓苔藓间，
大落于金线缕，
丹霞攥出一拳血。

下望桥梁往来、人事搭界、
固体沉落，金沙往逝于白水，
抛掉，还有。

而广大绿是一种人间绿，
仓促，相争，管制，

大道在硬处甩身。
而绿云金锦缎，揭开还有
桥梁上端然，投身，
在尘烟中勉强看去，勉强伸手。

于金雾中伸枯手，
于锦缎中拿捏骨肉，
于白水中留痕。

［2007 年，东涌湾］

群山

晨光不放弃群山的轮廓
也不放弃我们

山崖尽可以倾倒
然而它不

多好，它们让我知道
即使收回全部感官，一切仍在。
即使我缩进任何一枚无光的核。

我曾设想所有非透明的物体
都是大气的痕迹
就像一种反复积累的雕刻
世界是负向的，而我周身

可以向胸腔中某个部位下陷
那时，我看看自己抽缩的肩胛骨
便如同从海水深处反向观察一座山峰

世界可以忍受谎言
但它不证明　　[2007年，其宗]

金　勇

*

金勇，1979 年生，吉林长春人。1998 年考入北京大学东语系。现于北京大学外国语学院东南亚系任教，主要从事泰国及东南亚历史文化研究。高中开始诗歌习作，作品散见《诗刊》《诗林》《天涯》及《未名湖》等刊物，曾获第三届未名高校诗歌奖，参加第二十七届青春诗会。

升旗仪式

地图中的地图，这里是地图中央。
水流到这里会静止，还有喧哗声
透明的冰，冻住的六点钟。
月亮被昨晚带走，不照耀徽章。
云层出现在想象中，看不清高度
也许夜太黑。
黎明裁决书写。闪光灯躁动，
渴望看穿一切——
（一切路上的时刻路过的一切）
灿烂的时刻，阳光，伟大的意志
它走出紫禁城门——纵横交错的网
像徐徐射出的箭，不用加速

就能射穿心脏。荷尔蒙激活脉搏，
恰到好处地切换风。
顶点处，红色扬起了歌声
旗帜注视着我们
如同我们正被冉冉升起
我看到有人默默耸肩，抖下些许黑暗
像是在飞！ [2007 年]

提速的羊群

高速公路上，有人赶着羊群
无辜的白，多余的白，柔软的白——
土地的分泌物——漂浮在柏油沥青上
唱着鞭子听不懂的歌。
它们的草房子烧着火，红色凶猛
一下子就吞下那么多脸
看不清的面孔在火中跳着舞
而火苗拥有白色的心。
羊群被时代点燃了屁股，提速
提起裤子，再提速——
投入火一样的时代
无论站着还是跪着，不容置疑
它们追上机器的齿轮，越过童话边境
整齐划一，像三尺飘展的白绫
密集地进入历史，而不是云——

天上的白色静止不动，不藏悲也不见喜
像剧场里的文明看客，嘴里
谴责，又怕人听见。
偶尔，在蚊子一般的嘤嘤媚叫中
也有过言辞激烈。比如
最慢的那一只被鞭子打出了戾气
呼唤狼群带上锋利的牙，
从自己的怯懦吃起
它希望方向突然颠倒，或者就变成一头狼
从黑暗中冲出，冲向头羊，让它减速
让羊群踩着移动的棉花
让每一头羊都能喂得到皮鞭 ［2011年］

我的谎不够了……

翻开报纸——
旧消息被新鲜的辞典烘烤过
比例精巧的磨具，保持一贯的流线型
腾飞的姿态偶然凝固在一只
蝴蝶身上，落在重型履带上面
发出耀眼的轻。

我跳着阅读不认识的字，已说出的
未知之谜总是令人着迷
在行与行之间，时间不职业地摇摆着

在局部，它清晰地定格了一场交谈
他们谈论上帝像议论一个亲戚
体内的血匮乏，用透支的速度

病毒像一本盗版的禁书，
用一篇云装订的风命名
稻草人举起标语，
口号从体内第九次取出疼痛
没有瘟疫的第一眼
不可治愈的第二眼

我准备了一个苹果，熟透的红
烧坏了冒失的舌头
青色的一半，被阳光的阴影浸着
使可口的句子成为可能
死亡用更抽象的一面治愈理想：
和癌症相比，瘟疫有更多的彩虹

不用飙出泪水，只需要一个理由
几个染上瘟疫的词
我取出酒精，抹在麻木的创口上
隔壁传来了孤独声，
是灯火点着了虚浮
是沉默坐进静物。 ［2012 年］

姜　涛

*

姜涛，1970年生，天津人。1989年考入清华大学生物医学工程专业，后弃工从文。1999年考入北京大学中文系，攻读中国现代文学专业博士学位，毕业后在北大中文系任教至今。20世纪90年代初开始诗歌写作，并从事诗歌批评及文学史研究，出版诗集《洞中一日》《好消息》《鸟经》等，研究专著《公寓里的塔：1920年代中国的文学与青年》《巴枯宁的手》《新诗集与中国新诗的发生》等。

古猿部落

树林里落满果实，猩红的地毯
源于地质的变迁
水退了，老虎的剑齿烂了
我们围着空地商量未来
老的刚从进化里爬出，挥老拳
少的已按耐不住舌头，要第一个
去吃梅花鹿，移山的志向没有
倒可以涉水，南方北方的
田野只是一张餐桌
所谓共和闹哄哄

还是独裁之秋赶走蚊蝇
好在我们都直立着
可以观天象，徒手挣脱了食物链
但十月的劳动力
还是倾向剩余：不需要画皮，烹饪
肉身当木柴，只有公的继续
将母的掀翻，朗诵它的美
但要说出“我爱你”
至少春花秋月的，还要两百万年 ［2003年］

送别之诗

看着你被一辆房车接走
短裤短袜，背着手提电脑
兴冲冲赶往了第一线
想着每一次，都会有不同的轿车
在楼下磨蹭片刻
捷达、奥迪、帕萨特
一连串野兽的名字，替换了
猪獾、臭鼬或果子狸

每一次，都是这样
它们会在灌木上先蹭蹭屁股，
惊得宠物们一阵狂吠，然后扬长而去
消失在五环之内的新北京

在那里，有灯光闪耀的现场
讨厌的女编辑，四处约稿兼调情
而遇到的帅男孩，又总是同志。
在那里，你不会找到快乐

但至少，可以摆脱不快乐
像登山的羚羊突然回到平原
为过多的氧气昏眩
当然，我不会把我们六层的住所比作山
山上不会有这么多酒瓶
也不会贮藏这么多的书籍、大米和电影。

其实，你只想作一枚抽烟的植物
好无偿接受雨露
只是我，即使睡觉时也打扮成了一个过客
坚持室内运动，坚持肌肉
和对自行车的信仰
好像每天早上都可能意外地消失
出现在世界的另一个地方

这一次的房车，却说不出名字地高档
虎头虎脑，墨绿色
其实，不止这一次，每一次
都在心里暗暗告别过，还把额上的头际
狠命向后梳起，用发胶固定

生怕在下一个地方
还被人看成是书生，一脸的梁山伯气

人类之诗

在藏文中学，小雨淋湿了操场
学生们只好从体育的世界里
原路返回，却吃惊看到了陌生人
他们有胡须，样子还斯文

汉人都这样，看来聪明，但没危险
汉人的城市也是他们的城市
陌生人说来自北京，学生中的少数
曾计划去那里大发展

政治老师赞同这个想法
以自己为例，激励大家学汉语
历史老师跳出来反对
说学好汉语，是为了将来写诗

原来，老师自己是个写诗人
知道汉语和诗，其实两回事。
作为 80 后，他的成熟让陌生人惊讶
“我只关心人类，海子说的不对” ［2008 年］

周年

那个下午，大地摇晃，短信频频
我们得到通知：该来的事情已经到来。
于是，个别诗人开始忙碌，拒绝轻浮
更多人集体肃穆，站到一处
仿佛乱局难耐，人类要集体洗牌。

随后的一周，我也出席相关活动
其中包括：一场纪念朗诵在美术学院召开
文学不乏良心，但美术界动作更快
用罢招待晚宴，我惊奇地发现
草地上布满了被当成作品的碎砖

年轻人信仰创造力，为此彻夜不眠
老年人信仰占有这些的创造力。
我一贯怨愤的朋友
忽然出现在台上，也像老人那样
穿着中肯，并慷慨发言。

我终于缺席，逃回自己的小圈子
也彻夜实验一种新的创造力
（那“力量”果然坚挺
居然折磨我到了天明）
我们讨厌辩证的观念

却总将辩证的内容轻松实践。
但实践论总归是矛盾论
我们解决不了普遍的失业与失眠
解决不了忧郁的经济和家庭体验
大地终于撕开了它花哨的外衣

露出循环的山岩和桌椅
还有死者的短信，尚未发出
它如此简洁，以至感动了最卑劣的小人
这大地深处的能量
渴望着形式，渴望着被了解

它果真拥有意志吗？
几个月后，我原本的爱人只身参与
想有所关联，但又旋即返回
身体明显消瘦，重逢的那一夜
她努力保持沉默——到底经历过什么

而今我已无法倾听。
总之，该到来的总会到来
我背着一盏台灯、一台电脑
飞过了夏天和冬天，又飞过了大海
如今，落在了这间新公寓里

万籁俱寂、碧海青天

——我登上天台，独自去检阅
那些兔子、蛤蟆、痴汉、卫星或者导弹
万物伸出新的援手，却不能解释
我至今迟迟不能开口的理由 ［2009 年］

病后联想

奔波一整天，只为捧回这些
粉色和蓝色的小药片
它们堆在那儿，像许多的纽扣
云的纽扣、燕子的纽扣、囚徒的纽扣
从张枣的诗中纷纷地
掉了下来，从某个集中营里
被静悄悄送了出来

原来，终生志业只属于
劳动密集型
——它曾搅动江南水乡
它曾累垮过腾飞的东亚
想清楚这一点
今夏，计划沿渤海慢跑
那里开发区无人，适合独自吐纳 ［2014 年］

谢笠知

*

谢笠知，原名温丽姿，生于20世纪70年代末，浙江温州人，现居北京。北京大学硕士，北京外国语大学世界文学博士。曾为大学教师。诗歌及翻译作品散见于《诗刊》《诗选刊》《翼》《诗林》等刊物。著有诗集《花台》。

“下午将尽，天还很亮……”

下午将尽，天还很亮。
没愿望，但还是决定出去走走。
巷子真静，石榴花探出墙头，
邻居的篱笆爬满了青藤。

而大街挤死了，正下班呢。
穿红衬衫的女人摇摆白裙子，
把夏天当作一生的盛事。
不知从哪飘来肥皂泡的清香。

大叶杨长长的影子，一筐草莓，
熟肉铺亮起了灯，刨冰店忙着摆桌椅。

交叠着远去，那些自行车的剪影。
恍惚间，夜色覆盖了辽阔的平原。

多么奇妙啊！事情会是另一种样子，
倘若你早一点明白：
再长的白天也会慢慢消逝。 ［2001 年］

冬天的一个下午

出南校门，下午正两点。
没有风，落光叶子的树站在两边。
公路比以往干净，看得见柔和的反光。
花圃的心里长着月季平静的皱纹
和矮种万年青。
它们在我旁边，在我的问题之外。
我匆匆行走，有那么一会，我停下来，
几乎在一瞬间，我感到它们，
连同后面一堵没拆完的墙，三角形草坪
一只绿色飞虫和浮在它们上面的清晰优美的树影
全都呼啸着森林般巨大的宁静。 ［2002 年］

王　璞

*

王璞，1980年生，山西大同人，后随父母迁至北京长大。1999年考入北京大学文史哲实验班，获文学学士。2003—2006年在北京大学中文系攻读现当代文学硕士。2006—2012年在纽约大学深造，获比较文学博士。2012年起在布兰代斯大学任教。曾获未名诗歌奖、刘丽安诗歌奖和诗东西诗歌奖。出版有诗集《宝塔及其他》，荣获胡适首部诗集奖。

历险记（组诗选二）

交通史

对，总有一条路。我踱步，没有旋律
认为下一个路口将是一件乐器。
接连几个人向我问路，还有几只
不漂亮的鸟，我总是指给他们一排星星，

那是我最熟悉的站牌。乘车路线
很多，留下小行星轨道的银辉；
那电车却载着全程的忧虑
使这条路倾斜，角度越来越大

像柔韧的杠杆，翘起交通的重心。
重新站稳，相信总有一条路
我开始临摹地图，拨动比例尺的雾，
甚至尝试在天象中确定我的终点

并用钢笔为它画圈。“这一次
就是永恒。”一个影子坐在空无一人的
双层大巴里。其实，天使一直在为我们
指路；我们看不见他们，但能听见他们的叹息。

雨世界

雨声？星星点点，我钻进了
别人听不见的雨声。路灯下着
橘色的雨，像橘子一样充满水分。
我走过那一汪。

夜空却是一种土产的红酒，
酿造自这被误解的降温
他的微醺流淌在一支新曲子里
几棵远树还不能熟练地演奏，

正在记谱，练习。而
我要谈到的是另一种雨，
那是潮湿，在我的鼻尖

那是一丝凉，和免费的新鲜

灌溉我的肺。水汽开始了
大胆的改写，为午夜街景
加着活泼的脚注，并
涂抹远远近近数不清的线。

几个夜游者走过，他们是
水彩画成的，正学习更保密的滋润。
雨意铺下一层年轻的祷告，
我读到了，在右颊上——

宇宙生成像一只杯子，虚空，易碎。
今夜可能是它的首次使用；
我赶往第一滴春雨，不紧不慢，那里面
有一条湿漉漉的小道，有一把甘甜的椅子。 ［2002 年］

万柳乱[1]

1

时气颇佳，正适宜怀念那些在盗版英语教材中
消失的女研究生。她们从剑走偏锋的年龄里

1 万柳，北京市海淀区一地名。21 世纪第一个十年，此地经历大规模地产开发。另有“北京大学万柳公寓”，系学生宿舍。

努力露出的面影，注定是你的几个人生污点间
的插曲：时而是凯歌，当你像战争的胜利者那样
昂起细读的头颅；时而是乏味的催眠曲，回荡于
你奢侈的记忆的小旅店——她们真的消失了，座位
空了数月，只留下词汇书占座，像等你用答错的谜底
来补空。

此地，路越走越窄；路越走越窄的犹疑者们
挤在一起，挤在了集体无意识的牛角尖里。
扁桃腺和天色一样暗红，个人信念如豆腐渣
楼盘里的瓷砖一样剥落。在这一群中“消失”，
是一门技艺。比低声说“咱们出去走走吧”
更俊逸，更必需。你有时想加入那些已经消失的
女士们，却无法把你那一片灯火通明的好地段
从你冒险的灵魂上挪开：
哦，你太正版了！你太不动产了！
昆玉河边吹来了晚风，
翻动着你心头的一万个俞敏洪。

2

若这里是音乐厅，那大家的确在侧耳倾听。
但却是在室外，一首激进的钢琴曲
从天而降；激进的十指在向上帝索要
黑云，沙砾，冰雹，电和坏脾气。
初夏的雨啊，有初夏的剧烈：

如同一个女孩子，终于认识到勉强的爱
只能勉强维持，在水房落下的急匆匆的眼泪。
人们抬起头，像是忽然翻一页挂历；
三三两两，那么安静，那么守纪律，
凑到门口，去列席这剧烈的无纪律。
而一只蝴蝶，像躲债一样，躲进了
近乎于无的室内乐。还有比它更动人的
凶兆么？虽然看似比任何命运的馈赠都
更袖珍：女同学看着它露出了男同学的笑容。
它又准备将哪一只因阅读而红肿的眼
误认为是初霁时月季的花苞？
到了这时，如果才轮到你，起身去
欣赏这场雨，你只会目睹：
高等教育的公寓楼上，几百个公费非定向的
窗户正整齐划一地向水线吼叫着肾结石般的隐私——
Mais，c’esttroptard！ Troptard！

宝塔

给李春及一代人

宝塔亦是蜡烛。树边的湖
和湖畔的酒瓶，从中取暖。
宝塔为什么不是酒瓶呢？
你举起来，是要再饮一口？

是吹瓶哨？还是将它投入湖中，
扯开嗓子向夜生活一唱？
大我、小我风驰电掣。宝塔
忽然从周末的购物清单上立起来，说：爱！

仇恨！你的右手摸索的，不像是
鼠标或西文书，而是窗棂：推开吧，
让翻译的细雾进来。山形在多语中浮现，
犹如磨沙面的曙光——太伪劣！如此背景下

宝塔是险峰。你转而握住的黑暗，
总是它的倒影。宝塔于是向左看齐。
向你看齐。它可以是毛茸茸的，果味儿的，荧光的。但首先是红色的。

［2006年］

黄　茜

*

黄茜，1982年生，四川内江人。2001考入北京大学信息科学技术学院，获理学学士学位。2006—2010年在北京大学外国语学院学习，获世界文学与比较文学硕士学位，现为《南方都市报》文化副刊驻京记者。曾获未名诗歌奖、刘丽安诗歌奖。著有诗集《女巨人》，译著有《双生》《别轻易相信专家》《巨人的时间》《里卡尔多·雷耶斯离世那年》等。

鸽子

收集所有看不见的细线，凌乱的关系
被消化成丝。架在空中的小型缝纫机，
弓着珊瑚身子，劳作于两片滞重黑暗
的间隙。柔弱之计刺瞎一万个荷马。
在我的心中你一直唱歌，声音好像
细密针脚：低吟不间断，一点点推开月光，
推开今夜旅行和跳舞场，向最远的寂静里。
红宝石掉了，掉了；红宝石掉了。

收集所有看不见的细线，被人们抛弃，

那些柳絮或蚯蚓，布满空气缱卷的线。
它们知道一切秘密。你吃掉并酿造它们，
缝合我们闪着疯狂光芒的眼睛。
那纯粹女子与你的误会，我要解除：
在我的心中你一直唱歌，好像淡白
嘴唇吹出的口琴——咕咕隆隆如妇人之见，
却把我们的不要和丢失，加倍掷在睡眠的翅上。
噢红宝石眼睛掉了，掉了；红宝石眼睛掉了。 [2006 年]

一觉

我心中有大秘密。
厌世者的绣像已成为春之旗帜。
仿佛，所谓厌倦不因为熟悉，所谓爱好也
不由于亲切。有孤燕在海边沉落，天空竟烧红了脊背。
私语的不仅荷花。淘气的也不只你我。

我心中有大宽容。
尽可以不去懂得，那神谕一样无端
而晦涩的话语；尽可以理解一千次失约。
像这座高山的宽广的脊梁还未被折断，还在阵痛，
竟可以相信第一千种表达。

我心中确乎有大幸福。
如同身被彩虹，如同亲御鸾舆。

在大风中的片金时光，不知被哪一块石子绊住。
我不愿意返回是因为地铁的吵闹声中会听不见我的爱人
在暗地里弹奏金琴我听不见了因为

我心中有大平静。
仿佛从一开始就知晓，仿佛我一开始就已
站在了所有事情的结束。仿佛早上才开的白玉兰现在正
静静地凋落，静静地失去。仿佛所有的
语言和时间，都在仿佛之间。

而我心中有大痛恨。
来来往往的人偶们在忙着做着各种生意，
像做梦一样地忙着做着各种合法的生意。——谎言，
谎言何以作为一剂良药在市民间广泛流传呢？大家贩卖
丝帛一样贩卖智慧，贩卖瓜果一样贩卖爱情。

我心中确有大悲戚。
片片红花洒落如雨，如血一样的雨。
再呕也呕不出更多的东西，再也呕不出
更多的血一样的比桃花还大还艳丽的东西。又何必立定发愤？
明日即将清明。

［2004年］

徐　钺

*

徐钺，1983 年生，山东青岛人。2001 年考入北京大学中文系，2015 年获文学博士学位。现于北京某高校中文系任教。写作诗歌、小说、评论等，2008 年获“未名诗歌奖”，2010 年出版小说《牧夜手记》，2013 年出版诗集《序曲》，2014 年获《诗刊》“发现”新锐奖及《星星》“年度大学生诗人”奖，出版诗集《一月的使徒》，2016 年出版诗集《序曲》（新版）。亦从事英文文学著作的中文翻译。

序曲

为着每一个高傲的恺撒，我们都要寻找
一座新的罗马。
寻找：一个新的，吃美和男人的
克丽奥帕特拉年轻的面庞。

每一年（无论死亡何时饱满）

海燕都从九月飞来，衔着未知的武器
滑向法老王们永恒安睡的尖顶。
当我们醒着，闭着双眼，——用身体观看

命运的黑色蜂房正怎样闪亮。

永恒：这被置于诗句肺中的名字，沐浴着
珍珠一年一度纯白的呼吸。
我们，却像还未爬入贝壳的沙石，在甲板上
在星座和海潮腥涩的汗水之间痛响。

当弓耸起，当亚平宁半岛扯动南向的风
别管三桅战船锋利的弦月。——让我们等待
彼此年龄中最为缄忍的声音
转动视网膜上黑夜那巨大的重量。

因为命运仅只是
岁月在我们头盖骨上发光的涂鸦。而心
永远像刚刚降生的幼小野兽
用梦咆哮，用尚未长成的牙齿咬住夜空的乳房。
寂静，让白床单上的阴影反复聆听
这在胸腔中反复习练的跳动。——直到
一个更加
接近恒星的（却并不更加高贵的）词
烧穿九月蜡制的欲望。

爱，并不能使我们相拥而卧的身体
拥有对方。而当那个词，像弓箭手的指骨一般
扣住死亡的睫毛，我们就醒来

就在床头数出将我们自身染黑的波浪。

别管阴云拼写怎样的占卜，——让我们等待
那破晓的石灰燃烧
那匿名的风暴把太阳浇灌
那依旧踟蹰的海爬上堤岸尽头的城墙。

因为（无论何时我读出你的嘴唇）

为着每一座梦中的罗马，我们都必须找到
那个恺撒。那个词。那一束
在克丽奥帕特拉年轻的心脏之中轰响的
尼罗河般的辉光。 ［2009年］

钢琴

海滨城市的下午，日光
在空调低沉的抱怨声中衰减
像镇定之后的癔症病人

晚报过早地送到，洗净的蔬菜
还在塑料盆里谈论价格
妻子还没回来

隔壁在放霍洛维茨，在他

刀头面朝的方向
心跳很轻，像被轻轻剥着的葱头

他认真地看着案板，有一次
将左手食指放到嘴边吮吸
但刀没有停　　　　　　　　　　　　　　　［2012 年］

暗之书（或论历史）

1

此刻，梦和窗帘渐渐稀薄。风像岁月吹来
把燥热的申请陈述翻动。
熄了灯的屋里，一只蜘蛛缓缓撕着飞蛾的翅膀
你能听到时间被黑的手套递向另外一双。

星光的蝉在喧嚣。星期一和星期二过早苏醒。
被虫蛀过的被单探出你孩子的眼睛：
“您有天花吗，您有我妈妈的天花吗？
——我想，我弄丢了它。”

2

我的安静的妻子，我的安静的生活。我宁愿
我们曾在一起，而不是现在：

一只兔子披着果戈理的外套住在我的家里
计算它温顺的工龄。

而我的寿命：是谁算错了一个月，一年？
黑色辩护人的上方，以死人命名的星在鼓掌。
可爱的法官伪装成燕子
用嘴筑巢，啄我漏洞百出的屋顶。

3

曙光像狼群在城市的栅栏外徘徊。此刻
有人怀揣我所有的证件躺在我的床上，睁大
他的眼睛，害怕被人认错，或者
被粗枝大叶的时代抓走。

没有酒，只有昨天烧沸的水。工作。
我和我的狗坐在门前，守着被瞳孔瞪大的卧室。
当第一束光从门廊外射进，我们就站立
准备：将第二束和它捆在一起。

4

像强健的蜘蛛的劳作，身世缝补着自己。
不是过去，而是那些危险的尚未到来的命运
在阴影里呵气：黎明时分

那不管你意愿的、愈加稀薄的窗帘。

你不记得，我曾和你梦到同样的记忆。尽管
那被拔掉两扇翅膀的蛾子
也还在抗争：在某个纪录影片的第一幕里
变得缓慢，像一桩凶杀案的现场。像一次真相。［2014年］

范　雪

*

范雪，1984 年生，陕西汉中人，九岁转学到海南。2002 年考入北京大学中文系，2009 年后留学海外，在新加坡国立大学中国研究系攻读博士学位。现为高校教师，居南京。有诗集《择偶的黄昏》《走马灯》。

站在这片海边

给共和国

我站在这片海边
斜坡上缓慢地长着矢车菊
这个黄昏
大海和青天在他们年轻的身体里膨胀

在这片海边，没有星火
涛浪也不暴虐
整夜的温柔整夜的松散
但情感似天的手，攥紧我，让我昏厥

那是一块铁青的大海

一万株矢车菊热烈弹跳
他们每一颗都是真的
他们不变形也不辩证

赤道晒熟了海水晒烫了我
北边的祖国正举行盛大婚礼
直到今天我才明白
心的献身打开了世上的门 ［2010年］

关于风景的往事

那天我们走在三层楼下往西的路上，
沿着花坛，那里有密云样的花椒树和火石榴，
又沿着无花果树泻满荫影的红砖墙，
墙篱里，物产变幻并伸出枝枝果实。
枝头果实多让人迷恋啊，
我先在国画里对它们一再地向往，
至今仍觉得枝上挂出了最后的总结。
之后一片丁香环绕着青松的花园过去，
酢浆草，蛇莓，晴天的空气里混着河水、松香和卤肉味，
我们就踏上了铁路从脚下向两个远方延伸。
冬天我们走了另一个方向，在山脊上，
我以为自己远望到了山水的精妙，
滴水的村庄出而复进，斜谷广阔地一抬头，
光色幽微茫茫，认识到风雨如晦。

但今天晴，过去许多类似的季候，
干草暴晒的气味里农妇端着胖身体里外忙活，
大盆干芫荽洋芋熬肉，干蒲公英沏出透锈的茶，
锈红色漆遍乡下的铁皮门和栏杆，城里，
城还遥遥。金色玉蜀黍给了晒谷场一个形状，
扫帚、水泥水池、胶皮和乌盆，稀疏的葡萄架，
这些汉人的宝贝推出了厚且持久的亮度。
它们在中国的哪里都能随手重温，
就像我们重温这条铁路，哦，是我重温，
而初来的朋友你重温到了至少一个梦吗?
这条曾经年代修的铁路没什么凄凉感，
与俗闻正相反，它散发出天蓝色马赛克大喷水池的气质，
我有好几次像恍见着了故事里外省郊区的风光，
乡下别墅，就连火葬场的鸢尾、啄木鸟和瓷砖花园，
也让人错乱。旧贵族的工人阶级在夜里扒见
金碧辉煌的水浪荡漾了山沟的品味，
几乎天然的俄罗斯族少女绕着露天游泳池
溜旱冰，哗哗哗，这片白杨总是动人，
铁道旁，它在风里撒遍金银，总比情人的恩宠更及时一些。
我承认我心情起伏，
尘世里要拽住的细线，所以紧紧牵挂着高大的树，
日历一样的流水推出内心高地。春天，
我离家出走，沿铁轨走进天色就是薄冰，
黄花和荒树在田野里顶立，苦恼和美好
反反复复都成了风景神秘的安慰。

枕木和树林间有一条小土路，它带着救世的本质带我走下去。
用不着怀疑风景里是不是有本地生活，
实实在在，就像两个人结结实实地在一起，
可生活啊，一面静止在白壁上的照片墙，
客厅里我们擦身该干嘛干嘛的照妖镜。
到老乡公园了，公园盖好的冬天，
有人在秃树干上撇下根刺沾沾口水黏上我额头，
现在，公园的一切都已给了田野，八角亭
在白色庄稼结籽的浪海里，是一个坟迹。
我们就要一抬头离开铁路右转走上麦地了，
收割后，地里灌上水撒播青青的秧苗，
之后，庙前草地上一片牛羊，它们翠亮地散漫，
荷塘翻成农田，荷叶零星地盛开在旱地上。
暮日裹着我们走过林地，水渠和草莓地，
这条很长的水泥路的尽头是青螺远山，
甜蜜的天沉淀在上空，树景屋影里
村里两个女人结伴走路，两张珠贝的脸
用粮食和活动锃得发亮的圆满，
形象里全是结实的过去的致命的劳动者的美学。
伟大的启示猛烈又温柔地垂临我。
我一听就懂。
这里居然可以是终点了，
夕烧之空是宦游的公路片，
如今开在我的世界的我挥也不能挥去。 ［2017年］

余　旸

*

余旸，1977 年生，河南信阳人，2003 考入北京大学中文系，获文学硕士、博士学位。2010 年至今，于西南大学中国新诗研究所执教。出版诗集《还乡》。曾获 2007 年第四届“刘丽安诗歌奖”与 2012 年《中国诗歌评论》奖。

车摊边

车摊边好像刚刚动过手术
蹭黑的内胎裸裎在害羞的夕光中
螺栓，螺钉滚闪在四处
只有气筒痛苦地立着，朝向行人

它们零散地静处在某种微妙中
像离别多年后又相逢的沧桑伙计
问候几句，凄凉而欢喜
又各自孤独地凝视着自己的内心

在水里曲着，内胎憋出的细微水泡
是我戴上放大镜才察看到的

而毛衣下松懈的肉体突然抽紧
鼓胀着，你怎么渴望着大喊大叫呢？

肺腑里的轮胎扭着，扑哧地跳着
要从发热的喉口滚出来
我却在二月的暮气中衰颓下来
什么时候，橘黄的月亮已搁在枝头？ ［2002 年］

种红薯

九月。骄阳晒焦脸骨的黑礁石。
他们弯下腰，锄头深掘进紫黑色的沃土。
嘴唇被堵住了，他们从不说话，
只是偶尔翻翻石头样的白眼。不说话。
他们却很响地放屁，或剔掉
指缝黑垢，对着电视张大嘴巴；
要不，就呆滞地睡下。他们不说话。

他们弯下腰，锄头深掘进沃土里。
一脸的荒郊地，苇草蓬松在耳廓的土包边
汗水的蚂蚁攀爬在被风雨侵蚀的沟壑上。
一阵风。杨树喋喋不休，薯叶翻译风的话语；
然后他们不说话，不见了。阳光暴晒荒野

只有锄头，固执地挺进沃土的黑暗里；

一如阳具插进阴影的阴道；

他们交媾出聋哑的红薯儿子，在土里歪头裂脑地闷长着

打着最野蛮的手势，如今赤露在霓虹灯下。［2007年］

我以为（节选）

6

老人们团拢在一起，渐渐地
不可理解。烟雾从鼻孔里缓缓喷出
浑身臭气，他们老妖怪般
嘟哝着，说着火星语言

这追逐阳光的一群
随温暖而转移
臃肿的身体仿佛院中
雪地上废弃的拖拉机骨架

猜测着他们的种属、来源
环眼瞪视着，呆头呆脑的小麻雀
哪里知道，伟大的人性
还可以退化到虫豸——

他们拥有猪的獠牙
山羊胡子，马弯曲的脊梁

终于，由于孤独，动物的遗传
在嶙峋的脸盘上突出来

但年老伴随疾病
静悄悄地，进驻这团废墟：
嘴流黏涎
仿佛不远处渗水的黑崖。

7

这些遗漏的、安静的、沉默的
聚拢在我的身边

它们抬起了乌黑的眼睛
迫使我情欲暴涨

公鸡骄傲地跳上了
母鸡脊背，咯咯地鸣叫

游狗来回地嗅闻着
绕坟追逐，狗毛连同柳絮飘扬着

我多么想，多么想
像山一样倒立起来。

但我只能绕着村庄
跟狗，闷头赛跑

我垂着眼皮，吞咽下的
那么多缤纷的色彩旋转着

天空的锅盖；黝黑的皮肤
山川丘陵起伏地挣扎

出口？马路？
眼睛、鼻子、嘴巴

只能锁在一个晃悠的背影上吗？
但背影晃来晃去，也沉默着

多悲哀啊。没有爱的语言
我们天赋在于仇恨、沉默，或吵闹

我表达不是我想说的
我奉献的不是我能给予的

我只能端着眼睛的大碗
盛放着那么多飘忽的，流溢的暗影褐色

我的弹簧脚，暴力手，正长毛的胸

我的自然勃起的器官啊

释放我，释放我
给我一个新世界吧!

但笼盖我的黑乎乎的夜晚
留下班驳痕迹的液体

那些遗漏的、安静的、沉默的
聚拢在我的身边

它们忽闪了乌黑的眼睛
想说什么，但最终又归于沉寂。 ［2010 年］

陈可抒

*

陈可抒，原名陈哲，1983 年生，河北青龙人。1999 年考入大连理工大学化工学院，2005 年考入北京大学微电子学院。目前进行基因测序研发工作。长期从事“可抒诗歌训练营”系列公益活动。

山中

一座山里有一群人
单个地散居在水源和松枝之间
偶尔去拜访朋友
如果他不在，就把门前荆条折断一根
主人回来了会看到
虽然不知是谁，还是不以为意
有时候等人久久不至
就坐在空地上望天边恬淡之云气
一时间心事便能渐渐平复
有时候久久不能眺望
山外的霞光不免令人心慌
就索性去个远方
日落之时总有一处小镇

生活忙碌并不为了繁衍生息
刮风下雨雪一切如常
人们都爱着高个子
然后和矮个子结婚

平静

平静的夜晚
容得下内心的合唱
月光像蜂蜜
灯光像盐
均匀而反复地涂抹
会使一个人
变成幸福的哑巴

一切都睡了
除了悄悄反刍的人
把回甘放在心中
像是一阵阵细雨掠过
罐头中的海
就算泪水也不能流出
任何一粒种子

风吹在夜空
多远啊

如丝线一般温柔的呼吸
吹着恋人的脖颈

鸣虫伏在草里
月光洒了一小部分
到它身上
仿佛是要梦见的那个人
在轻轻地触摸

彭　敏

*

彭敏，1983年生，湖南衡阳人。2006年考入北京大学中文系，获中国当代文学硕士学位。2009年至今，为中国作家协会《诗刊》杂志社编辑。曾获人民文学短篇小说年度新人奖、中央电视台第二届中国成语大会年度总冠军、第二届中国诗词大会亚军。

一场雨　一场说大不小的雨

张开伞骨。细微的坡度使行人和雨水
向一侧倾倒。事物残坏的部分
停止了交谈。这么多马达在雨中
轰然炸响，这么多肉体解除了

最初的紧闭，又被无关痛痒的事物
草草填满。一场恰如其分的雨，不明朗
不阴郁，磨损着北方上天菲薄的恩典
但不负责滋润农田和心田。雨水像生锈的

铁钉，反复楔入裸露着的事物。干燥的人
把自我储存在屋檐下，一场雨背后

是另一场雨，他们的愿望简陋，局促
像进入煤道后的漫漫长途。他们跳着，叫着

如同车轮饱满的内胎，在玻璃碴上尽情地
呕吐。像那些居无定所的候鸟，远道而来
在雨中变换身份和嘴脸，练习着爱上陌生的
一切，几乎就要得逞。而雨水沉重飞翔的分量

有时将他们吸进一些弯曲的洞穴。那里
幽暗的主人笑出闪光的牙齿，淘气，凶残
活着，就咬紧自己应得的一份。雨水在阴中
聚集。高蹈者暗暗回到低处。向晚的钟声是另一场雨

吹打着远近的楼群，低空中含满鸽翼扑动的声音
其中的一只，飞到人前，却又背过身去
缄口不语。只是一道雷电的邪恶曲线
才让它在一飞冲天的同时惊叫连连

春天，树木飞向他们的鸟
——给何不言

花事横斜，鸟声低小
这是白日放歌的好时节

我们柔软的呼吸，在清浅的草丛中
款款吹拂，恍若静雷

湖水参差，微风徐徐
我们的微风，走过湖面，走过树梢
风中涌起的尘土，光芒舒缓
宛如暮色里动荡的星辰

我们的村庄，花事横斜
起灭的云霓舒开广漠的疆界
我们浅浅的春天，摇曳如风中的蛛网
美好的事物漫天飞舞，我们守在暗处

杨大过

*

杨大过，原名冯相郡，1986年生，甘肃庆阳人。2006年考入北京大学中文系，2008—2009年休学，于陇南某山村担任小学教师。2011—2013年在香港中文大学学习，获人类学硕士。现为美国加州大学伯克利分校东亚系博士候选人，兼事文学与文化史研究。

十年

这仍然只是一个平常的夜晚
平常的寒冷平常的沉默
平常的被凝固在无趣里的笑话
平常的词语平常的困倦
十年了，从来只是这些
太阳疲惫不堪月亮迟迟不见
唯有室友的梦呓如期而至：
“要建彼得的大城要执长枪！”
而敌人总是虚构的
十年了，仍然还是这些。我也

并没有长大成一个舅舅

和小说的女主人公恋爱数次
从少年的禁忌，到愚蠢的婚礼
始终没敢做爱。“我”面目狰狞，身份暧昧
撒娇不成便假扮威逼利诱
始终没有撕开一页纸，打乱一个号码。
十年了
阴毛被岁月拉长，年年雨后春笋
年年绝地逢生。结的果子总是这些：

三分之一甜蜜三分之一苦涩
三分之一不甘寂寞。就张嘴
唱一些高深的理论——若被禁止
便把春天的田野对折起来压在枕下
洋镐、镢头、铁锹，谁是领导
分工明确，农忙种地，农闲做戏
十年了，从黄土高原到渭河谷地
从新左派到自由主义，回归了
论战了，人性了，“爱你一万年”了

但季节只懂得轮回，土地
只懂得一年年变暖，一年年长粮食
一年年记录平常的事。有如此时
多数变成了少数，少数还是少数
“小波不死”！
瞧，人们需要领袖，十年足够

把你的书在反复咀嚼里锻炼成板砖
但群殴还是改成了单挑时机还不成熟
无双的发型时下流行至于红线的身材

会后说略显平常。十年了
仍然只是一个平常的春夜
平常的词语，平常的沉默
十年了，我并没长大成一个舅舅　　［2007 年］

哲　敏

*

哲敏，原名贾哲敏，曾用笔名“瀛洲落”，1985年生，山西太原人。2007年考入北京大学新闻与传播学院，后获传播学硕士、博士。现任北京航空航天大学人文与社会科学学院副教授，专业领域为新媒体与政治传播，出版诗集《游梦一千天》。

夏天傍晚的雨

夏日一场雨，我把车开出来
清洗尘土，像清洗一个古老的庭院
每条小径都非常仔细，无名藏在里面
偶尔，做个从未远去但将要远行的人

空杯子盛满某年某日的交谈，雨水
最小的一片叶子飘了进去
有些许忧愁，在雨里，怀念是多余的
但要虚构一个怀念

车轮缓慢前行，未来也许要飞驰的
那移动的轮廓，雨里的轮廓

没有你一丁点儿的轮廓，出现
或者变成另一个我，保佑着我

监视着我，让我在雨里排队
这庭院里有种劳作让我羞赧
一双陈旧的眼睛到处张望
活着，像我的灵魂一样

只是，我不适合古老也不适合现在
我从不关心，速度与等候
我依赖雨水洗去尘土
我用雨线度量过一个游梦

而这足以让车灯照亮黄昏
一同吮吸雨水，又一同关掉鸣笛
四目空空，那清洁的爱无须交谈
在此间隐退，夜晚无声 ［2017年］

UA889

漫长的队伍我站在最后
背影里很多人在流泪
那么多痛苦都不是痛苦
十年里我送行，到最后，送自己
归来后送消逝与厚爱

精神每接近一次
就深沉地明白一次，又将静止
异国的河流，在夏色里缠绕
俯瞰，它仰望我
我做烟花，做呼啸而过的风的侧面
我为何，怅然若失
我年幼，我乖戾，
我顺从地融化在所有人中间
注视着我的还有我那双遥远的眼睛
可是你呢，在那更年轻的时代里
把闪烁的希望都变成灰暗的时代里
一个人，变得欢畅，清瘦得无以复加
但你留下的是关于我的秘密
照不见光阴的秘密，我守护犹如我目睹
犹如我从不随意说出一个还会苏醒的时日　［2017 年］

张慧君

*

张慧君，1989 年生，湖北襄阳人。2007 年考入北京大学医学部八年制本硕博连读临床专业。曾获第七届未名诗歌奖。现居北京。

群山回响

云雾披拂山崖，大地蜿蜒向前。
于是，这里惊讶地响荡着窸窣的“你好”，
慵懒的“你好”，轻盈的“早上好啊”，
诸如此类，干净柔软的问候语：
当聒噪的鹦鹉模拟述说太阳的光临，
喙嘴和对趾攀援在枝头翻身玩耍，
瑰丽的前襟便被编织了幻彩的花边；
当一汪波光粼粼的湖泊，像一叶扁舟
静谧地停歇在略显呆板的峰峦之间，
自肃穆的阴影之下，以不可谛听的汩汩声
渗出无数根庞大的水脉，它滋润，并刺穿
缠爬，也哺育，每一块坚硬的黏土，
每一棵树，枝干，杈丫，及瘀伤的瘿瘤，
连林间空地上一块蓬松的蚂蚁巢也被浇入了雾露；

低矮的灌木丛中，孔雀骄傲地拖曳折叠的蒲扇漫步，
尖嘴的小鸟在树梢排挂成了风铃，偷食发酵的浆果，
而蝴蝶和蜻蜓，轻盈的鳞翅昆虫，也总是
在雨季来临前低飞，旋绕为野沼泽的彩棉线；
每每这时，我都仿若新生，我蜷伏在
大自然富丽的乐声之中，
既成为缥缈的形体，又不可显影，
因而，也无所不在，我飞过了这些巍峨凝固的山体，
在弧光与陡坡的起伏中，重新变得欢畅，
蓬勃，神秘，树木和生灵被重新分割，
事物以一种古老的问候相拥，
沾带着绵延又跌宕的爱与善意，
每每，这时，我却也会不忍心，等待
一段美好时光的结束。 ［2015年］

论明澈
——读《裴洞篇》有感

香船船尾悬挂花环，夜航未归
黑暗中滋生一种奇特感情，既乐又苦
你还在辩论，文体是袍裙如浪
裸臂明亮的维纳斯，在孔雀的柱廊。

学问的根源，有些不同。
像挖掘和捕捞，婉娈与性德，

始终要歆羡不一样的风，海，然后
是，风。好而有益的是固定的。

所以聆听者两三人，爱者五六人
夜凉，如水，拂晓追随清澈的“死”
偶遇逆风阻航，香期延长。

你说，在粉或白的行所不需托体
像树木，花草，果实和宝石
寓于清气的追忆，或不烟消的美对称。 ［2017年］

郑依菁

*

郑依菁，笔名西西废，1989 年生，上海人。2007 年考入北京大学中文系，曾获第六届未名诗歌奖。

二道白河镇

五月的时候，这里不够热情
或者它从来不必热情，一两只狗
坐在地上，一直坐到傍晚
瓜果无声地滚落在马路对面
运送人群的金杯车一辆
又一辆地停在饭店门口，这是
秘密行动的大本营，神色慌张的
是各个星球前来朝圣的主席和首相
这里的人走来走去，不妨碍
这是一个无焦虑的地方，鸟语
花香。整只的猪摆放在肉店门口
老板娘一天不用说一句话。
我们这些吵闹的居停者，常常
分不清茄子和紫甘蓝，不能

打破这里的沉默，也不能
获取山上的情报，他们全都纯朴
而谦虚地生活，没有人没有
到过最圣洁的地方，从山顶俯瞰
村庄是一粒小小的雪，不久
便在夕阳下融化。

军训生活

日光灯一直在呜咽
我们躺着，说起在床榻之间
有人曾掩埋一只小动物
然后说着说着
就走到了吹哨的浏河

四年前的地方
有人在做我今天做的事
我们的汗流浃背像一只只开关
开启，关闭
从眼前的黑暗到小光明

河边生活是一件湿漉漉的白汗衫
我对自由的迷恋
被用来晾晒它的坦胸不露乳
自从我们躲了进来取暖

这里的小动作大都能以严厉命名：
晕眩，整齐，痒

我时常通宵不能睡
忙于算计跃起的时机
有时也想象有一只
同样瘦弱的羊
赶在洪水之前奔到我们的窗下

走廊里开始漏雨
洪水来了我们的腿会变得很长
代替我们拉练几公里和深蹲
每日匍匐在羊群的身边
这个野趣的军训营地

然而洪水始终没有来
我却高估了教官的耐性
我暗自打算：两杯酒能靠多近
我们就能靠得多近

八天来我的瘦弱毫无起色
但至少清楚了有些想法
必须先错一次才能懂得它的对：
比方说两杯酒能靠多近
我们就确实仅能靠得那么近

王东东

*

王东东，1983 年生，河南杞县人。2010 年考入北京大学中文系，攻读博士学位，2014 年毕业。现任河南师范大学副教授，并任该校华语诗歌研究中心执行主任。作品入选《中国新诗百年大典》等。曾获北京大学未名诗歌奖、汉江·安康诗歌奖、DJS 诗集奖。正式出版有诗集《空椅子》《云》。

图书馆

一种声音，从野兽的头颈发出
弥漫了空间，吹入我的神经。
这是即将捕食的恐吓的声音？
还是出于交合，欢乐的声音？

今晚，它从书本的镇压中逃脱，
还是由无数作者的幽灵放出？
那些正在放牧的幽灵，放牧着的幽灵，
在灯光下，在这黑暗的野兽体内相遇。

它的身影无比轻松地跨越书架，

在角落憩息。灰尘加重它的鼻息。
它慢慢靠近我的脑后，无论怎样
都出于天意，白纸上看不见血色。

一条蠹鱼爬动，消失在书页。
也许——我是否敢说——是我
撑开了那片天地：野兽的上颌与下颌？
我惊惶抬头，上下四方，除了空气

无非是书，书架，书架，书。
我的一点爱，一点恨都影响重大。
怎能不慎重：一种偏好让书架散架，
那是重力也没有做到的倾颓…… ［2012 年］

过郁达夫故居

偶尔闯入别人的生命之谜中
产生的歉意，也会被新绿覆盖：
主人最为得意的日子，和新婚妻子
从二楼的窗户对着富春江凝望。

这也许会让你的歉意减轻。
主人的自白，即使催开全部花朵
也不会让江水逆流，更不能够
让祖国愣怔或窘红，只是让故乡惊心。

一个人，总是比一群人，更适合
拜访一个人；即使你只是他偶尔
从二楼看到的一个人。你不再想说
在众多省份中，你和浙江缘分最深。

当所谓“画舫”，抵达江心的沙洲
有人挺立在紧追上来的快艇上：
只要能从滔滔江水中看到一条游鱼
主人也许就不会后悔早年到过日本。

从革命后退的目光到南洋启蒙
他已厌倦了无望的地图的拓扑。
当我们游玩，困倦，匆匆宣布：
一个人生前认识的草木，死后

都可以带走；即使骨殖难以找到：
依然是口音，泄露一个人的身份。
他看见的一棵枯树，将成为沉香
当沙洲成为卵石，在手中摩挲。 ［2014 年］

环形铁道

雨后，公交车推开了污水
像辛勤的农夫垦出良田。
绿色充气泵打满郊区的天空，

我的焦急也上升为欣喜。

绿色渴望着夸大，素不知
生命之树长青，但也会蒙上灰色。
灰色的眼睛骨碌转动，暗示
人群中偶尔会出现一两个老人。

大厅里在录像，今天的任务
一个谈话节目，由未来剪辑；
在轮到我们之前，我们被允许
压低声音说话，仿佛谈论秘密。

三个人走动，手势也丧失了生气
谁开口，谁就惊愕成墙上的面具
以这样的形象留在别人的脑海里，
恶作剧获得满足，构成一段历史。

导演开恩，提议我们去二楼交谈
他脚下的摄影机就摆在楼梯口。
书房盛开在空中，悬浮着听力，犹如
露台。我们只好打开那玻璃的门。

却不想这间屋子里摆放一张大床
还吊着蚊帐，像一本侦探小说。
还没有怎样谈话，我们有人已感到

燥热，却寻不到立式空调的遥控器。

三个人闯入了主人的卧室中。
你作为女性提出了一个疑问
我的心灵啊，就像星辰中的城堡
坚不可摧，除非它自愿流露光辉。

我说出了一个心事，并承认
由于故事，我差点失去信仰。
桃肉包裹着桃核，留下红色伤口，
我们也是如此居住在整个星球。

我端详一幅画：西风中，妖魔
威胁着诗人的茅屋，黑色大鹫
遮盖宫殿。而廊柱就此弯曲，
仿佛米开朗琪罗逃离了罗马。

常常，我沉醉于一场对话，为了
理智的清明。又有什么能将我们打断？
一个人的突然转身离开，让我们
不得不跟随出去，留下一个神圣的空间。 [2015年]

苏画天

*

苏画天，原名刘远航，1991 年生，河南商丘人，后移居新疆。2010 年考入北京大学中文系，后转入英文系。作品散见于《诗刊》《诗建设》《诗林》等报刊，曾获未名诗歌奖、樱花诗歌奖等。现就职于北京某杂志。

临时演员

那时我正要出城去，决心迎战那捷足的
阿基琉斯，但是你拉住我，说要给我
一些嘱咐。我抱怨着战服真难看而笨重
中国丝绸在你身上却很合身。在这个
仿古式房间里，熟悉的事物随意地堆放
你脱下它们，并帮我解下头盔和盾牌
于是镜子里的回廊变得繁复。

　　　　　　　　　　　　　　再远一些
我们就能更清楚地看清对方，但一种
更真实的生活命令我们在虚构的被单上
翻转，将偶然的失语插入预设的情节

并不断重复着沉默。赫克托耳，让我们
就这样死去，或者退向更琐碎的事物
你对我说。

　　　　　　一切都在下坠，我们被抛向
最后的高潮。这被镜子所复制的角色
将要走出城去，只有投空的武器和重现
的往事。此刻我和你相拥着痛哭自己
却只能被从瞌睡中赶来的导演连忙喊停

［2013 年］

森林公园

最先死亡的是花朵。清晨，露水在枝叶上逃窜
成群的阴影也开始迁徙。光在移动，这是秋天

不断有别处的树木被栽植到这里，重新翻修的道路
让栖居于此处的虫鸟再次变得陌生。总会有人离开

老人们来回慢跑，步履平缓。他们每一次穿过丛林
花草便更荒芜一些。变冷的风沿着熟悉的方向闯入

逐渐缩小的池塘显得更加空旷，最后被树丛占据
腐烂的独木舟匍匐在那里。并没有对岸可以横渡

高压线悬在空中，路牌却指向昨日，广场仍然空着

孤独的人独自穿过荒野，迷路的人偏偏痴迷于歧途

很快，风景恢复了寂静。枯草摇曳着，相互追逐
人们结束晨练，返回家中。并没有什么可以失去　　［2017年］

李　琬

*

李琬，1991年生，湖北武汉人。2010年考入北京大学中文系。写作诗歌、散文，兼事诗歌翻译与批评。作品见于《诗刊》《诗林》《散文》《上海文学》等。获第九届未名诗歌奖。

晚春
——寄Q

声音引领我，准时醒来的是
看不清脸孔的小恶魔，写作
像前夜停在水岸，观看修长的黄菖蒲
燃烧，不知那叫作“希望”的灰烬
终究为坚毅的人降落——

幸福之必要？这四月没有什么
可以失去，洁净使人惊讶，雨水很少
更高亢的嗓音只会让丰富变为衰败

铁轨内仅剩的空气拧紧
你也必定熟悉的时刻，当我倚靠车厢壁

不给任何人写信，仿佛遗忘
对某种强烈存在的遗忘是多么短暂

宽阔的人群将接过痴迷，河流倾覆
路过的省份，闪耀的麦地驯服暴风
多么安宁，最轻小的声响使人心悸
想起石像的巨大光明，壁画上出神的尘埃
葱岭漫长的力可曾波及？

尽管，这类冥想无法重建长久的真理
来不及阻止一个地点的缓慢摧毁
于是具象，具象的美的隧道
更带来微惧：照片上静止的花冠
像灵敏的心颤抖，那催熟树籽的风
也在被抛弃的城镇喘息，掠过人造的壮景

——而爱是永久的缺乏，真正唯一的光线
令人焦虑、苦修与酣睡，漫游者仍然等待
如果在异乡，如果贝雅特丽齐像我们一样
饮酒，相信试错好过什么都不做

窄而霉的房间也再次盼望起久违的
来客：幸福，坐在回教礼拜堂前的凳上
一个珍藏的地址悄然腐蚀，像偶然的下午
苜蓿满山，梦再次袭击，不羞于透露它的孤寂

白昼是你的扁桃树，站立，蹒跚
如受伤的鸽子，令我重新渴望
简单的词，不会丢失的音调
带人们穿越众多歧路，正如琴弦
弥补缺憾：这臻于极境的迷茫世界
被你手边几条细细的小径取代　［2017年］

春节

我发现已很久没有痴迷于
这些被延长的时刻了，当堂哥
端着茶杯，在院中观看闲逛的鹅，
仿佛宣布他已获得了理智、洗刷了耻辱，
又指向几块石碑，脑海中的五岳
为田野催眠，而修长的香蒲止不住地
摇晃虚幻的身体，当我们终于
被诱惑，触碰这些可修改的时间片段，
蒲棒立即裂开，白色绒毛跃起，
因风而克服自身，像细小的银河悄悄旋转，
分头寻找重力之源——
最深处是雄心壮志，坚固但难以辨认，
表层的理解则疏松、粗浅，
与他们所说的成熟完全不同。
像是在遥远的沿海城市，一整天
吃硬而冷的米，几个同伴以下坠的力

反抗一座大楼的建成。而现在
风又将幽魂吹回锈刀刃和辣椒籽中，
他感受着手掌和工具的清晰，
慢慢削荸荠的皮，把烛台移来移去。
这些不知从哪儿来的，萦绕着家宅的声响，
引领他割除蔓延无边的野草，由过去
每个年份的荒废留下来的。　　［2017 年］

版权说明

联 系 人：张慧君

联系电话：010-62376499

电子邮箱：chuanwx2016@126.com